人間標本
湊かなえ
角川書店

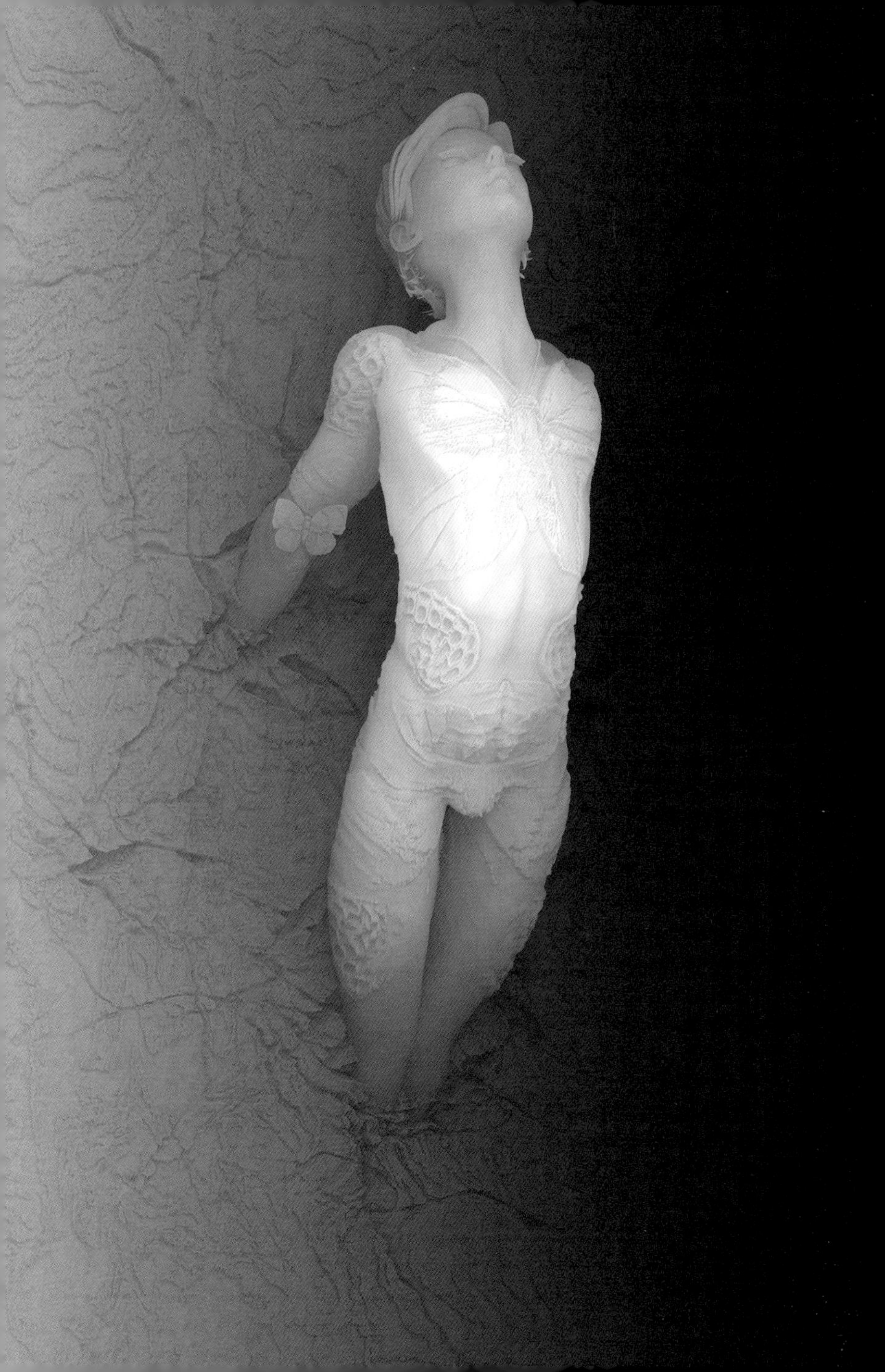

口絵　高松和樹

人間標本

装丁　片岡忠彦

人間標本

榊　史朗

〈標本作製に至るまでの覚書〉

蝶《ちよう》ほど崇高な生物はいない。

その思いが私の中に芽生えたのは、画家である父が、アトリエとしてではなく世間との絶縁を目的として、人の姿などほとんど見ることのない山奥に家族を連れて移り住んだ頃か。

就学前だった私は、母ほどには、それ以前の環境を恋しいと嘆くことはなかった。日ごと白い雪に覆われていく窓の外を眺めながら、退屈に思うことはあったが、裏山に春が訪れ、その年最初の蝶をみつけてからは一変した。

蝶を見たのは初めて、というわけではなかった。引っ越し前に通っていた幼稚園の園庭や近所の公園には、季節の花の周りをモンシロチョウやアゲハチョウが舞っていた。

それらに近寄って手を伸ばそうとすると、園の先生も母も、かわいそうだからやめなさい、と、やんわりと口にした。

人間の世界に紛れ込んでしまったかわいそうな存在。蝶は遠くから眺めるもの。それで満足できるほど、私は穏やかな子どもではなく、そんなつまらないことよりも、関心はブランコをいかに高くこげるかということに変わった。

しかし、裏山は違った。そこは、蝶が溢《あふ》れかえっていた。紛れ込んだのは私の方で、かわいそうなどという感情は一片も浮かんでこなかった。

蝶にさわってみたい。顔を近づけて見てみたい。

おそるおそる母に相談してみると、かわいそう、とは言われなかった。

「お母さんも、アップルパイでも焼いてみようかと思っていたところよ」

そう言って、私を車に乗せて麓《ふもと》のスーパーに行き、菓子作りの道具と一緒に、虫取り網と虫カゴを買ってくれた。要は、かわいそうの対象が私となり、退屈しのぎの遊び道具を買ってやろうと思ったのだ。

とはいえ、私自身は自分を憐《あわ》れむどころか、宝物を手に入れた気分だった。孫悟空《そんごくう》が如意棒を振り回すかの如く、網を振り回し、蝶の群れの中へと乗り出した。

蝶に取り囲まれ、見知らぬ世界へ連れていかれるのを阻止するように網を振り、かかった蝶をカゴに入れて我がものとする。

昨日より一匹でも多く。冒険物語の勇者になったような気分で。そして、物語は夢から覚めるかのように夜明けとともにリセットされる。

一日かけて採集した虫カゴの中の蝶たちは、翌朝には死んでいた。

カゴの中が密集しないように数を減らしたり、花や草木を一緒に入れたりと工夫して、なんとか生きながらえさせることができても、真新しいランドセルを背負い、麓の学校からバスを乗り継ぎ、最寄りのバス停からさらに子どもの足で半時間歩いて帰ってきた頃には、一緒に入れた花がしおれているのと同様に、その美しい翅《はね》は、生気を失っているように色あせて見えた。

「生きているうちに、外に放してやりなさい。かわいそうだから」

母の口からやはり出てしまったそのひと言に、胸の内では抵抗を感じるものの、それより納得できる方法を思いつけない無力感に覆われながら、虫カゴを持って庭に出ると、蓋《ふた》をあけたまま一番生気がありそうに見える草花のそばに置いて、家の中に駆け戻った。

夜露が蝶を美しく蘇《よみがえ》らせる。そんな想像をしながら。

その願いが天に通じ、翌朝、カゴの中はからっぽになっていることの方が多かったが、時折、死骸《しがい》が残ることもあった。自分が殺《あや》めてしまった命。

家の中で死んだ蝶は、少しばかりの罪悪感を覚えながらも台所のゴミ箱に捨てることができたのに、夜の儀式で生き返ることのできなかった蝶たちは、きちんと土に還《かえ》してやらなければならないと思った。

ミモザの樹の根元を蝶の墓地に選んだのは、最初に埋めたモンシロチョウに黄色い可憐《かれん》な花が似合うと感じたからか。小さな花の連なりが、蝶が群れて飛ぶさまと重なって、この樹の下なら淋《さび》しくないだろう、と。

一度埋めた場所を掘り起こすことがないよう、目印として、いや、子どもだった私はそれを墓石として、ビー玉を一つずつ置いていった。越してきたばかりの頃に、麓の町の見物もかねて連れていってもらった神社のお祭りのくじ引きで当たった、ほぼ残念賞に近い景品だったが、その頃の私にとっては自分が持っている一番美しいものとして、蝶の命と引き換えに一粒ずつ差し出している気分でいたはずだ。

それを母は悪魔めいた儀式みたいに気味悪く思ったのか。その頃はやっていた洋物のホラー映画に似たシーンがあったような気もするが……、もしかすると、母親と呼ばれる人だけが持つ第六感で、四十数年後の息子の姿を、幼い子どもの背に見取ったのかもしれない。

リンゴ一玉が窮屈なくらいの黄色いネットに入ったビー玉を半分も使いきらないうちに、墓作りを禁止された。逆らうと、蝶の採集までも禁じられそうな形相だったため、私はしぶしぶ頷《うなず》いて、風雨に晒《さら》されて曇ったビー玉を回収し、代わりに山アジサイの花びらをまき散らした。

ビー玉よりもそちらの方が、死んだ蝶たちが喜んでいるような気がしたのは、自分の心を救いたいがためか。そう、すべては自分自身のエゴからくる行為。しかし、今後の蝶の採集については、何の展望も見出《みいだ》せていなかった。私にとっては蝶を採って埋葬するまでが一連の流れとなってしまっていたからだ。

助け舟を出してくれたのは父だった。

引っ越してくる前も後も、一日の大半をアトリエで過ごしている父と会話をするのは、夕飯の時くらいだった。小学校に入ってからはおもに学校の授業についてで、新しく習った漢字や計算の仕方といったどうでもいいことを、それらの習得が他の子どもより劣っていたとしてもかまわない様子で聞いていた。

絵や図工の授業について話したことはない。

理屈を先に覚えてしまうと、そこそこ上手な絵は描けるようになっても、ゼロからイチを生み出す発想力が持てなくなる。

そう言って、幼い頃からクレヨンの持ち方一つ、教えてくれようとはしなかったし、幼稚園や学校で描いたものに対しても、がんばったな、といった大ざっぱな感想しかもらえなかった。

自分自身、絵が得意だと感じたことはなかったため、父は息子に才能がないことを見抜き、それでも優しく接してくれているのだ、と、あきらめのような気持ちも抱いていたかもしれない。

だから夕飯の席でいきなり、蝶のことだが、と切り出された時にはドキリとした。おまえがイヤじゃなければ、と続き、息が止まりそうになった。採った蝶をその場で絵に描いてすぐに放してやりなさい、と言われそうな気がしたからだ。

自分で描く蝶など、蛾と区別がつくかどうかもあやしいものだった。

だが、父からの提案はまったく予想もしていないことだった。

「標本を作ってみないか」

父の笑顔はめずらしいものではなかったが、わくわくしたような表情を見るのは初めてだった。対照的なくらい顔を強張《こわば》らせたのは母だった。

「あなた、そんな……」

母が言葉を切ったのは、父が片手を上げてそれを制したからだ。

私は母の表情の意味することを理解できていなかった。単に、標本作りの作業が子どもにとっては危険なのかもしれない、くらいに解釈していた。初めて、カレー作りを手伝いたいと申し出た時と同じようなものだ、と。

初めて包丁を使った日も、私は手を切ることなく、その出来栄えに母も顔をほころばせた。器用なのね、と褒めてもらえた。だから、声を張り上げて答えた。

「僕、作りたい」

母が今にも泣き出しそうな顔を隠すため、台所に向かった意味を知ったのは、父が亡くなった後でだ。いや、もしかするとこの時も、未来の息子の姿を見てしまったのかもしれない。母が現在も生きていたら、あの時、強く反対しなかったことを後悔したに違いない。

父は次の週末に道具を買いに行こうと、私に小指を差し出した。小指をからめた瞬間、絵が得意でないことなどどうでもよくなった。次の週末など待たずとも、明日から夏休みが始まるのに、ということも。

道具を買いに行くまでは採集に出るのをやめ、学校の図書室で借りてきた蝶の図鑑で、自分が住む山に生息していそうな蝶を調べた。擬態や毒性、オスとメスの違いなど、蝶についての知識が深まるにつれ、ただ姿が美しいと思っていただけの蝶に、愛《いと》おしさを抱くようになった。

大袈裟《おおげさ》な約束の儀式の割に、買い物はあっけなく終了した。

てっきり、父が画材を買っている東京の専門店のようなところまで行くものだと勘違いし、朝から靴下をはいて玄関で待っていたら、絵の具がついた半袖《はんそで》シャツと、裾《すそ》を膝《ひざ》下までまくったチノパンに素足という出《い》で立ちの父がアトリエから出てきた。首に汚れた手ぬぐいを巻いたまま。カバンも持っていなかった。

そのままの姿で古い軽自動車に乗り、到着したのは、私の通う小学校の正門の向かいにある文具店だった。三角定規も書道セットも上履きも、学校で必要なものは一通りそろっている、町の中では「大きめ」と呼べる店だったが、そこに標本を作る道具まであるとは思えなかった。

しかし、その箱は入り口近くの一番目立つコーナーに置かれていた。「夏休みの宿題」と水色の画用紙に青い油性ペンで書いた紙が貼られた白い大きなテーブルには、紙粘土や鳥の巣箱などを作る木工キット、人形などを作る手芸キットが積み重ねられていたが、それらより少し低い山となっているのが、「昆虫採集セット」の箱だった。

蓋には大きく、カブトムシやクワガタ、そして、アゲハチョウの写真がプリントされていた。

父はそれを一つ取ってレジに持っていき、ズボンのポケットから千円札を出すと、百円玉を三枚受け取った。それくらいのお小遣いなら貯金箱の中に充分貯まっていた。

やろうと思えば、誰でも、大人に頼らなくても、できることだったのか。

日常からかけ離れた世界に足を踏み入れることに興奮していたのに、そのセットは毎日通う小学校の前の店で安価に売られていた。

小石でも蹴《け》りたい気分の私はその時はまだ気付いていなかったのだ。

ここから自分の未来の扉が開くということを。

開かない方がよかったであろう扉が……。

昆虫採集セットの箱を帰宅してすぐにでも開けたかったが、父は車から降りても家の中へ向かおうとはしなかった。

「早速、蝶を採りに行こう」

無邪気な笑顔に、あっけにとられた。標本作りだけでなく、採集も一緒にしてくれるのか。それまでの父の印象といえば、山奥の家に移り住む前から一貫して、アトリエに籠《こも》ってカンバスに向かう後ろ姿ばかりで、子どもという存在にまったく興味がないように思えていたのに。

家には、網もカゴも一つあるだけだったが、私たちは二人で裏山の奥に入っていった。とはいえ、父は網を片手にはしゃいで走り回っていたわけではない。

「いつものようにやってごらん」

そう言って、数メートル下がって木陰に立ったのだ。蝶を採るのに上手《うま》い下手があると意識していたら、いつものようにはできなかったかもしれない。だが、一人で蝶を追うのが常だった私は、それを考えることもなかった。

視界に蝶を捉《とら》えた瞬間に、ひらりと網を振る。二振りで三匹採ることができた。

採った蝶をカゴに入れ、父のところに持っていくと、驚いたように目を見開き、やがてすぐに相好を崩した。

「蝶採り名人だな」

こんなに嬉《うれ》しかったことがかつてあっただろうか。照れ隠しのように私はカゴの中を覗《のぞ》き込み、蝶の種類を口にした。

「アゲハが二匹と、こっちは……」

「アオスジアゲハだな。父さんが子どもの頃には東京の家の周りでも飛んでいたんだが、まさかまた見られるとは。世捨て人も悪くない。よし、早速、標本を作ろう」

世捨て人という言葉は気になったが、楽しい雰囲気を壊したくなかった。

アトリエは父以外、立ち入り禁止で、私は「夕飯の支度ができた」といったことを伝えるためにドアをノックして数センチ開けることしか許されていなかったのに、そんなルールなどまるでないかのように、父は私をアトリエに招き入れた。

部屋の隅には書き物机があり、父は私をその椅子に座らせ、自分は近くにあった木箱のようなものを引き寄せて座った。

いよいよ昆虫採集セットの箱を開ける。多少ドキドキしたものの、それは新しい絵の具の箱を開けるのと、さほどかわりはなかった。が、開けた瞬間、私は息を呑《の》んだ。

注射器が入っていたのだ。おもちゃではなく、自分が予防接種を受ける時に使われるのとほぼ同様の、本物。他には、虫めがね、ピンセット、虫ピン、そして……。

赤い瓶と青い瓶。ラベルはない。箱の中に説明書はなく、蓋の裏に「安全に使いましょう」と、注意書きとも呼べない短い文章が印刷されているだけだった。

「赤が殺虫液、青が防腐液だ」

横から父が説明してくれた。

「お父さんも使ったことがあるの？」

「あるとも。昔は駄菓子屋で買えたからな」

文具店ではなく、さらに身近なところに売っていたとは。今の子どもは大人に訊《き》かなければ使い方がわからないけれど、昔は子どもだけで遊ぶことができたもの。父の子どもの頃のエピソードも知りたかったが、やはり目の前にあるものへの興味の方が勝《まさ》った。

赤い瓶は殺虫液。要は、毒薬。それを注射器で蝶に注入する。自分が闇の組織の博士にでもなったような気分だった。実際はそうでなかったとしても、この日を思い返す際、父と私は白衣姿で浮かんでくる。

父は手本を見せると言いながらも、買ったばかりの道具を私が一番に使えるよう、同時進行を提案した。

カゴの中からアゲハの両翅を重ねるようにして片手で取り出し、もう一方の手で……、蝶の腹を軽くつぶした。

「えっ」

毒薬は早く打ってみたいと思っていたのに、手でつぶすことには抵抗があった。

「ＰＴＡがうるさくて、薬も昔よりだいぶ薄められているはずだから、先に仮死状態にしておいた方が蝶もラクに死ねるだろう。それに、標本作りのための採集なら、カゴに入れずに採ってすぐ腹をつぶして、折りたたんだ薬包紙に包んだ方が、翅がしおれずにすむ。せっかく標本にするなら、一番美しい姿にとどめておかなければ、蝶にも申し訳ない」

そう言われて手元の蝶を見ると、採った直後よりも翅の色鮮やかさが失われているように思えた。軽く押すだけ。蝶の腹をつまみ、目を閉じるのと同じ速さと力で指先を動かした。幸い、汁や中身のようなものは出ず、私は安堵《あんど》の息をついた。父は仮死状態と言ったが、私には蝶はすでに死んでいるように見えた。が、注射は打ちたい。

机の上にティッシュペーパーを広げ、蝶をそっと置くと、赤い瓶の蓋を開けた。注射針を沈め、ゆっくりとピストンを引く。吸い上げられた液体は赤色ではなく透明だった。

左手で蝶を持ち、ここ？　と何度も父に確認しながら、右手で持った注射器の針を、腹をつぶした上、蝶の胸の辺りに突き刺した。

ゾクリと胸が震えた。父が腹をつぶした蝶も、私が注射をした。

続けて、青い瓶の蓋を開け、防腐液も二匹続けて注射した。青い瓶の中身も透明な液体だった。腐らせないようにする液なのに、なぜか、こちらを打つと蝶が生き返るのではないか、などと想像してしまった。

そうやって処理した蝶の一匹を、父はつまみあげると、もう片方の手に持っていたハサミで……、胴体の下半分を切り落とした。

えっ、とも声が出ず、私は息を呑んだ。

「防腐液の効果もあやしいからな。こうして水分の多い胴体を切っておいた方が、黴《かび》が生えたり腐ったりせずにすむ」

要は、注射はパフォーマンスだということだ。薬液だって水同然のものだったかもしれない。昆虫採集セットを買わなくても標本を作ることはできる。父は自分が子どもの頃に抱いたわくわくとした感覚を、私にも味わわせてやりたいと思ってくれたのだろうか。

それが、知的好奇心の種になるのではなく、猟奇的嗜好《しこう》の種になるなどとは想像もせずに。いや、違う。父は私に託そうとしたのだ。自分が押し殺している欲望を。

ハサミでの切断は、手でつぶすよりもためらいはなかった。切断時における蝶の胴体からの抵抗は、ハサミを伝って手に届くほどのものではない。

父は机の上に木製の画板を置いた。同じ板で私が作業できるよう、右上に蝶を置き、短くなった胴体の真ん中辺りに虫ピンをズブリと突き刺し、板に固定した。

片側の翅を広げると、ティッシュペーパーで押さえながら虫ピンで形を整え、固定していく。もう片方の翅も同様に。

「大きな町の文具店に行けば、翅を押さえるためのフィルムも売ってるが、ティッシュで充分だ。セロファンや半紙も試したことがあるけれど、通気性が悪いと黴が生えてしまう。まあ、押し花みたいなものだ」

押し花を作ったことはなかったが、蝶の翅と花びらには親和性を感じた。

「これで完成だ。あとは一週間ほど風通しのいいところで乾燥させて、箱に飾ればいい。お母さんに相談して、絵皿をしまっている、内側が布張りの木箱を一つわけてもらいなさい。標本のためにじゃなく、夏休みの宿題のためにって言うんだぞ。一等賞を取りたい、ってな」

この交渉は後に決裂することになる。

私は父がやっていたように、虫ピンで蝶を固定し、翅を広げていった。父は簡単にやっているように見えたが、手元が数ミリ意思に反した動きをすれば、翅が傷ついたりもげたりしそうで、息を殺しての作業となった。

「上手いじゃないか。それぞれの翅の角度もいい」

父は手放しで褒めてくれた。私は上機嫌のまま、カゴに残っていたアオスジアゲハの処理を父に助言を求めることなくおこなった。腹をつぶすのも、注射をするのも、胴体を切断するのも、虫ピンを刺すのも、まったく抵抗はなくなっていた。翅を広げる作業も、最初の半分ほどの早さで終わらせることができた。

三匹の蝶が固定された画板を机の上に置いたまま、父は近くのカーテンを閉めた。直射日光を防ぐためだ。少し薄暗くなった部屋で、私は昆虫採集セットの片付けを始めた。瓶の蓋をきつく締め直し、箱に入れる。注射器も針先までティッシュペーパーで拭《ぬぐ》い、キャップをして元の位置にはめ込んだ。

部屋の反対側の隅にあるゴミ箱に向かう途中、描きかけの絵の前で足を止めた。母と同年齢くらいの女性の肖像画だ。女優のように華やかできれいな人だと、私はしばしその顔に見とれた。よほど呆《ほう》けた顔をしていたのか、父は笑いながら私の隣にやってきた。

「美人だろう。父さんの藝大《げいだい》時代の同級生なんだ。同じ油彩画の専攻でね」

言われてすぐに、父は昔この人のことが好きだったのではないか、と感じた。

「どうしてこの人の絵を描いているの?」

少し冷やかしの気分で訊いた。初恋の人を思い出しながら描いているのだろう、と決めつけて。だから、立ち入り禁止にしているのだ、とも。

「頼まれたんだよ。卒業以来、約一五年ぶりに連絡があって。重い病気がみつかったから、今の姿を形に残しておきたい、って。彼女も画家だけど、人物は描かないんだ」

なるほど、と納得したものの、それが目的なら、絵よりも写真の方がより鮮明な姿を残せるのではないかとも思った。そんな子どもの単純な思考など、父には言葉にせずとも見抜かれた。

父は先ほどまで標本を作っていた机に向かうと、引き出しを開け、写真を一葉取り出して、絵の前まで戻ってきた。私の前に無言で差し出す。写真には絵と同じ女性の顔があったが、頬の色は絵のような薔薇《ばら》色ではなく、笑い方も無理して作っているように見えた。

「人間も一番美しい時に標本にできればいいのにな」

そのつぶやきを空耳ではないかと疑いながら父の方を見たが、父の視線は絵の方を向いたままだった。

人間の標本——。

自分がたった今蝶にほどこした作業を、自分がされている姿が頭の中に広がっていった。作業をしているのは、父だ。

父が美しい友人の絵を描いている場所に、古びた診察台（山の麓にある年老いた医師が個人経営している内科病院にある、木製の台に深緑のビニルをくすんだ真鍮《しんちゅう》のピンで張った、端の方に爪でひっかいたような裂け目からオレンジ色のスポンジがのぞいている）が置かれ、裸の私があおむけで大の字に横たわっている。

両手で胸を圧迫され、左腕に注射針を刺され……。注射の場所が蝶と違うのは、自分の病院での体験が重なり、痛かったという記憶が想像というフィルターを押し破って出てきたためだろう。

実体験は想像を凌駕《りようが》する。

極上のステーキの味を思い浮かべる際、大抵の人たちは自分がそれまでに食べたことのある肉の味を膨らませていくはずだ。だが、それを百回繰り返しても、本当の味は実際に食べてみるまでわからない。

頭の中の私は注射を打たれた後も意識があり、目を開けていた。その姿を、部屋の中をひらひらと舞う蝶のように眺めていたのに、父が次に手にしたものを見た瞬間、戦《おのの》き、視点は私本体の中に吸い込まれていった。

ハサミではなく、斧《おの》だった。山奥にある家は父が建てたものではなく、外国人の別荘だったものを購入しており、広いリビングには本物の暖炉があった。普段使われることはなかったが、クリスマスに母の友人一家が遊びに来た時だけ、暖炉の上の飾り棚に絵皿が並べられ、火が入れられた。

薪《まき》割り用の斧は、火が入る日以外、倉庫などではなく暖炉の中に横たえられていた。私にとって、特別な凶器ではなく、異国に由来するインテリアの一部のようなもの。それを、父が私に向かって今まさに振り下ろそうとしている。

想像だけでなく、実際にギュッと目を瞑《つぶ》り、開けた時には頭の中の景色が消えていたのは、父の声が聞こえたからだ。

「まあ、それができないから、私は絵描きになったんだがな。そのうえ、たちの悪いマスコミの連中に悪評だけ広められてしまった」

父はそう言って、私の方に顔を向け、苦笑いを浮かべた。

標本を作ってはいけないから絵を描く。まったく別物だと感じていた二つのものが結びついたのは、その時だったと言える。

翌日も、またその翌日も、私は蝶を採集しては標本の作業をおこなった。

クロアゲハ、オナガアゲハ、ムラサキシジミ、ミドリシジミ、めずらしいヒメシロチョウも私の網の中に舞い込んだ。初めは採った蝶をすべて標本にしていたが、興奮した気持ちも徐々に落ち着いていき、すでに標本にしている種はその場で解放することにした。

夏休みの自由研究として提出するため、ただ標本を作るだけでなく、蝶の生態について調べることにもした。同級生が誰も知らないことを書きたい。学校の図書室にある本では誰かがすでに読んでいるかもしれない。そう思い、母に町の図書館に連れていってほしいと頼んだ。読書感想文用の本のために、と。父のアドバイスを思い出して。

標本作りに関して、母から文句を言われたことはなかったが、好ましく思われていないとは察することができた。

その証拠に、車の中で絵皿の箱が一つ欲しいと頼んだところ、あっけなく断られた。

「クリスマス用のお皿なんだから、箱はどれも必要なの。蝶々を入れるなんてとんでもない。そんなもの石けんの箱でいいでしょう」

標本用にとは口にしていない。しかし、ここまで言われると、別の宿題用だと嘘をついても無駄だろうと、木箱はあきらめた。

図書館で子ども用の自由研究の本を見たところ、箱に綿を敷いて標本を並べ、透明なセロファンで蓋をすればよいと書いてあり、セロファンくらいなら帰りに買ってもらえるだろうと思ったが、私はその頼み事をしなかった。

夜、アトリエに向かった父を追いかけて、水彩画用のカンバスが一つ欲しい、と、おそるおそる頭を下げた。

標本作りを通じて父との距離はぐっと縮まり、それ以外の会話も緊張することはなくなったが、絵に関することはやはり全身に汗が滲《にじ》んだ。父の顔を見ることができず、つま先をじっと眺めながら考えた。

おまえの絵など、夏休みの宿題だとしても画用紙で充分だ。そう呆《あき》れられる前に、標本のために、と言った方がいいのかもしれない。嘘ではない。ただ、成功する自信はなかった。徐々に、石けんの詰め合わせの箱の裏は白無地だろうから、それくらいで試した方がいいような気までしてきた。しかし……。

「ちょうどいいのがある」

父はアトリエに入ると、6号サイズのカンバスを持ってきてくれた。私はそれを賞状のようにうやうやしく両手で受け取った。

「ここで描くか?」

ありがとう、と言う前にそんなことを訊かれ、慌てて首を横に振った。父もそれ以上は促さなかった。何を描くのかとも、完成したら見せろとも、がんばれとも言われなかった。もし言われていたら、私は当初のプランを変更し、確実に再現できるものを描いたに違いない。そうやって手に入れた小学生にとって身の丈に合わないものに、すぐに向き合ったわけではない。図書館で借りてきた本を繰り返し読み、大切なところはメモして、頭の中に完成図をイメージできるようになってから取りかかった。

蝶採集にも行かず、一日中カンバスに向かい、丸三日かけて絵を描き上げた。

絵を描いていることは母も知っていて、何を描いているのかと訊かれたので、裏山に続く途中にある花畑だと答えると、安心したように息をつき、楽しみね、と言われた。

しかし、出来上がった絵を見た母は眉《まゆ》をひそめた。

「この花は何?」

「タンポポだよ」

「めずらしい色合いね。こっちのシロツメクサっぽい形の花も。お父さんに何かアドバイスをもらったの？」

母がそう言ったところに、父もリビングにやってきて、どれどれ、とテーブルの上に置いてあるカンバスを覗き込んだ。じっと見て、首を捻《ひね》り、母と顔を見合わせる。病院に連れていった方がいいのではないかと、互いに不安そうな面持ちで。

「おまえの目には……、こういうふうに見えているのか？」

「ううん」

言葉を選びながら訊《たず》ねた父に、私は間髪を容《い》れずに返した。少し笑ってしまったかもしれない。父もこれを知らなかったのだ、と得意な気分で。

絵のタンポポは、中央を濃いピンク色、外側を白色に塗ってある。シロツメクサは全体を赤色に。

「僕に見えるタンポポは黄色の一色だし、シロツメクサは白色だよ。でも、蝶にはこう見えている、はずなんだ。文章で書いてあったから、正しく描けているかはわからないけど。人間には見えない紫外線が見えるんだって。これは、絵の宿題じゃなくて、自由研究の宿題だから、ちゃんと別の画用紙に調べたこともまとめて書いて一緒に出すつもり」

父も母もあっけにとられた顔で私を見ていた。

「すごいじゃない。学者さんになれるわよ」

先に褒めてくれたのは母だった。父も、そうだな、と続いたが、心ここにあらずといった響きに感じられた。だから私は学者を目指すことにしたのか。

しかし、絵の方もまだ完成ではなかった。

アトリエの書き物机の上で、木製の画板に虫ピンで固定したティッシュペーパーをゆっくりと外すと、蝶の姿が現れた。生きている時とほとんど変わらない翅の色とつやを保ったままの蝶たちは、今にも飛んでいってしまいそうで、思わず開放したままの窓に目を遣《や》り、あっ、と声に出してしまったほどだ。

無論、蝶が飛び立つはずがない。

「きれいにできたな」

横から、父も満足そうに覗き込んできた。

「お母さんに木箱の交渉はしたのか？」

絵のからくりを打ち明けたのに、父はまだ気付いていないようだった。私は首を横に振ると、アトリエに持ち込んでいた自分の描いた絵を画板の横に置いた。

最初に作ったアゲハチョウの胸に刺さった虫ピンをつまみ、木製の画板からゆっくりと浮かせた。もともと蝶の重さなど意識したことはなかったが、生きている時よりも軽くなったように感じた。

窓から入る風で翅がもげてしまうのではないかと心配になり、あいている方の手で風よけを作るようにして、蝶をあまり高く持ち上げず、机と平行に横移動させる。

絵の手前に描いたタンポポの上に置き、虫ピンを指先で押した。

私は標本の土台にするために絵を描いたのだ。

図書館で人間の目の見え方と蝶の目の見え方には違いがあることを知り、蝶に見えている世界を思い浮かべ、そこに蝶を飾ればおもしろいのではないかと思いついた。

蝶を固定し、視線を引き上げ、私は唾《つば》を飲み込んだ。

これは本当に私の知る、裏山を飛んでいた蝶なのか。

野山に咲く白や黄色の草花にとまって蜜《みつ》を吸う蝶には、かわいらしいイメージを持っていた。甘くておいしいジュースを飲んでいる、といった。

しかし、鮮やかな二色のタンポポの上に置かれた蝶は、子どもにはうまく言葉にできない雰囲気を放っているように感じられた。記憶を上書きするなら、淫靡《いんび》な、という表現が一番近いだろうか。

毒の入った酒を悠然と飲んでいる。その毒で己が死ぬことはない。口づけした相手を殺すのだ……。あの時、私の体の中央を電流のように貫いた感覚も、今なら言葉に表すことができる。

快感、だ。

私は絵の上にそれぞれ種類の違う六匹の蝶を固定した。標本はまだ倍の数以上作っていたが、絵との調和を考えるとそれがベストのように思えた。

画板には整列した蝶。絵にはそれぞれが毒々しい色合いの花に吸い寄せられたかのような蝶。

田舎の小学校に通い、マンガやテレビ番組等も母親の許可を得た作品しかふれたことがなかったため、不良や家出少年といった存在を強く意識したことはなかったが、それでも絵の上にいる蝶たちは、学校の教室を抜け出して、子どもが立ち入ることのできない大人の世界にまぎれこんでいるように見えた。

が、窓からの風に頬をなでられ、ふと気付く。

立ち入り禁止も何も、これは蝶たちが元いた場所、裏山じゃないか。するとたちまち、私の頭の中には家を取り囲む景色全体が、蝶の色覚で上書きされ、自分が住んでいるのはそこに一歩足を踏み入れた途端、甘い香りに包まれ、あらゆる感覚器官が幸せなことしか感知しない、ユートピアのような場所なのだと、うっとりするような感覚に包まれた。

本物の蝶の王国――。

父は、標本を固定して完成した絵を、腰に手を当ててじっと眺めていた。

褒めてもらえそうな気配を感じ、私は父の言葉をドキドキしながら待ったが、期待したものを得ることはできなかった。

「鳩山堂《きゅうざんどう》に額を注文しないと」

父はそう言って、アトリエを出ていった。鳩山堂とは、父の絵すべての額装を請け負っていた老舗《しにせ》の額縁専門店だ。海外の著名な画家からも注文が入ると聞いたことがある。

今なら、父からの最大の賛辞だったとわかるのだが、当時の私は、もっと単純な言葉を求めていたし、額縁にどれほどの価値があるのかもわかっていなかった。

むしろ、そんなものに入れられたら、学校に持っていくのが恥ずかしいような思いがした。何かの賞を獲《と》った絵が、額に入れられ（それさえも簡易的なものなのに）、学校の玄関や廊下に飾られてはいるが、初めから額に入れたものを提出する児童などいない。

そもそも、カンバスという時点で、画家の父親の威を借りているように思われるのではないか。

それとなく父に、額はいらない、と伝えられないかと考えた。額なんて大袈裟よ、と母が言ってくれるのがベストだが、おそらく母は父が私のために額を注文したことを知らない。お父さんが額を買ってくれるんだって、と食事中に無邪気に話してみようか。

しかし、つたない計画を実行することはなかった。

父はその日以来、一日のほぼ大半をアトリエで過ごすようになったからだ。肖像画の依頼を受けた藝大時代の同級生の容体が、よくない方向に進行しているという連絡を受けたためだった。

あの美しい人がついに死んでしまうのか。裏山でそんなことをぼんやりと考えながら、いつのまにか、その人の遺体を花畑の中に置く想像をしていた。

下半身を切り取られた白い裸体は、胸の中央に打ち込まれた銀色に輝く杭《くい》で地面に固定され、両手は翅のごとく優雅に左右に広げられている。取り囲む花の色は蝶の目で見た色。青白くなった皮膚の下にまだ熱を持った血液が流れているがごとく、鮮やかにその美しさを際立たせる色合い。

しかし、遺体が蝶の色覚でどんなに芸術的に飾られようとも、人間の目に映る夏の花の色は、黄色や白色といったみずみずしく可憐な色だ。

それはあの人には似合わない。一葉の写真しか知らない私がそう感じたのは、父の描いた肖像画に影響されていたからか。美しい人は、写真では白いドレスを着ていたが、絵では薔薇色のドレスを身にまとっていた。

ならば遺体も、人間の目にも毒々しい色として映る深紅のバラや、木からこぼれ落ちる寸前の椿で飾ればいいのか。それも違う。

素朴でかわいらしいと感じていたタンポポを、思いがけない色で捉えることにより、見てはならないものを見てしまった後ろめたさを覚えるのだ。

品種改良？　造花？　ならば絵でよいのではないか。遺体だって……。

すべてが絵でよい。

物騒な想像をかき消すように頭を振って、頭上の太陽を目を細めて見上げた。

紫外線など、私の目には映らない。

通常、父は絵が完成してから額装の相談をしていたが、それを待たずに鳩山堂の人が我が家にやってきた。

絵の進捗《しんちょく》具合はわからなかったが、完成は見えかけていたのだろう。

「どこにも発表せずに引き渡しをするのはもったいないですね」

父とさほど歳の変わらなそうな男性は、そう言いながらアトリエから出てきた。その人は、リビングにお茶の用意ができていることを母に頼まれ伝えに来た私を見ると、顔をほころばせた。

「きみの作品も見せてもらったよ。すばらしい発想だね。いい額を作るから、楽しみにしておいてくれ」

なんと、父は忘れず私の額も頼んでくれていたのだ。しかも、既製品ではなく、あの作品のためにこれから制作してくれるという。

その晩、私は母に頼み、タオルの詰め合わせが入っていた空き箱と手芸用の綿をもらった。透明なセロファンが貼ってある中蓋がついた、標本用として最適な箱だった。

夏休み明け。幸い、額縁も届いていなかったため、タオルの箱で作った蝶の標本箱を学校に提出することについて、両親からは特に何も言われなかった。

「一等賞がもらえないかも」

荷物が多いため、学校まで送ってくれることになった車中で、母はそう口にしたものの、まったく残念そうには見えなかった。むしろ、ホッとしているように思えたのは、事情を知ってからの記憶の後付けだろうか。

そもそも、私の通う小学校に、夏休みの宿題の順位付けなどなかった。

昆虫採集をしていた児童はクラスに五名ほどいたが、教室の後ろに展示された際、より多くの子どもたちの注目をあびたのは、カブトムシやクワガタ、玉虫など、さまざまな昆虫を並べたものだった。

それでも、昆虫採集をした児童の中で担任教師から一番褒められたのは、私だった。採集した昆虫の特性などを調べてまとめたものを一緒に提出していたのは、私だけだったからだ。

「ただ、つかまえて殺すだけではなく、史朗《しろう》くんのようにきちんと研究もしましょう」

そういったことを皆の前で言われ、クラスメイト全員から拍手までされたことがその後の人生に結び付いていったのだとは思うが、実のところ、私がまとめたことなど、すべて本からの受け売りで、蝶を殺さずとも得られたものばかりだった。

しかし、それは結果論であり、標本作りをしなければ、蝶への関心は、将来を捧《ささ》げるほどには深まらなかったに違いない。

蝶と絵画を結び付けようとすることも。

朝夕の気温が下がり、裏山に続く花畑に薄紫やピンク色の花が目立つようになった頃、あの人たちはやってきた。

父に肖像画を依頼した女性、一之瀬《いちのせ》佐和子《さわこ》さんと、その夫、公彦《きみひこ》さん、娘の留美《るみ》ちゃんの三人連れだった。

その前の週に鳩山堂の人が大きな箱を抱えてやってきたので、絵が完成し、額装もできていることはわかっていたが、再び、アトリエに入ることは禁止されていたため、どんなふうに仕上がっているのかを、一之瀬一家より先に、私が知ることはなかった。

が、その人たちと一緒にアトリエに入ることは許可された。

佐和子さんが絵の正面に向き合うように、公彦さんが佐和子さんの車いすを固定し、留美ちゃんがその横に立ち、私と母が一家を挟むかたちで並んだ後、父は絵にかけていた白布をゆっくり外した。

ほう、と周囲に聞こえるほど息を呑み、吐き出す息とともに、きれいだ、とつぶやいたのは、公彦さんだった。体が大きく、繊細という表現の対極の位置にいるような人だった。見た目に共通するところはないものの、私の母と同じ空気感をまとっているように思えた。地に足が着いていない芸術家を支える、しっかりもの。その両目から涙が滝のように溢れていた。

涙の理由を私は想像した。車いすに乗った佐和子さんが絵のモデルだということは、事前に知らされていなくてもわかる。しかし、両者は「同じ」ではなかった。

ひと晩、せまい虫カゴの中で過ごした、かろうじて生きている蝶。佐和子さんはそんなふうに見えた。死んではいないが、再び翅を広げて飛び立つことはない、ただ終わりの時を静かに待つだけの蝶。上下白い服を着ているのも、その印象を強めている。

生きているのに、死んでいるように見える、人間。

むしろ、今にも飛び立っていきそうなのは、絵の中の佐和子さんだった。頬の部分を軽く爪で引っかけば、ぷっくりと真っ赤な血が滲み出すのではないか。薔薇色のドレスの胸元に手を当てれば、力強い鼓動を感じることができるのではないか。

何よりも引き込まれるのは、目だった。

同じものを見ているのに、その瞳《ひとみ》を通したものはより鮮やかに輝いて見えるのではないか。マンガのように目の中に星が描かれていたわけではない。なのに、その目の奥に強い輝きがあるのを感じ取ることができる。

この人の目に映る世界を見てみたい。

この目を持っていた頃の、この人の描いた絵を……。

きっと、同じことを私が考えるより何倍も強い思いで、公彦さんは佐和子さんを支えてきたのだろう。徐々に失っていったものを一気に見せつけられ、感情をコントロールする間もないまま、ずっとこらえ続けてきた涙が溢れたのかもしれない。

対照的に、絵のモデル本人である佐和子さんは表情を変えることなく、まっすぐ絵を見つめていた。いや、視線は絵の方を向いていたが、その瞳は映り込んだものをどの程度認識できているのだろうかと疑問に思うほど、表情全体に、絵に対する反応が感じられなかった。

それでも、佐和子さんは私の父の方を向いて、静かに微笑んだ。

「ありがとう。やっぱり一朗《いちろう》くんにお願いしてよかった」

その言葉に、父は無言のまま、首にかけていた手ぬぐいで目元をぬぐった。絵とあまりにも乖離《かいり》した姿になった旧友を前に、父は今、どんな気持ちなのだろう。それを想像してみようとした時だ。

「ぜんぜん、きれいじゃない！」

叫ぶように声をあげたのは、留美ちゃんだった。

「こんな絵より、今のお母さんの方が何倍もきれい！」

私と同い年だという留美ちゃんは、大人たちを一人ずつ順番に睨《にら》み付け、最後に絵を、虫めがねで画用紙に焼けこげを作るかのように凝視し、その目から大粒の涙をワッと溢れさせた。

留美ちゃんの小さな肩を佐和子さんが車いすに乗ったまま細い腕を伸ばして抱き寄せた。

「申し訳ありません」

父に頭を下げたのは公彦さんだ。父は静かに首を横に振った。

「留美ちゃんの言う通りだ。子どもは……、目の前にいる母親のことが一番好きなんだから」

その言葉に、私も小さく頷いた。父が言い淀《よど》んだのは「どんな姿になっても」という言葉だろう、とも想像した。そもそも、病気の人の前で、その人の元気な場合の姿を褒め称《たた》えるのはどうなのか。そんなことも思った。

留美ちゃんの事情などまったく理解していなかったのに、さも自分だけがわかっていると思いあがり、なぐさめてやろうとでも考えたのか。ただ、かわいい女の子の前でいい恰好《かっこう》をしたかっただけかもしれないが、私は留美ちゃんを外に誘った。

「ありがとう、史朗くん」

佐和子さんに優しく微笑まれたことよりも、留美ちゃんの顔がパッと明るくなったことの方が嬉しかった。

玄関で靴を履く際、傘立てに入れてある虫取り網に目がいったものの、それを手に取ることはなかった。蝶の舞う季節は終わっていたからだ。張り切って連れ出したのに、一番誇れる景色を見せられないことを残念に思った。

だが、留美ちゃんは裏山に続く花畑につくと、両手を広げて、わあ、と声を上げた。

「すっごく、きれい」

見開かれた目が、それが本心であることを証明していた。

「夏はいろんな種類の蝶々が飛んでるんだよ」

「そうなの？　留美、モンシロチョウが好き」

少し、意外に感じた。留美ちゃんはもっと鮮やかな蝶が好みではないかと思っていた。しかし、蝶自体、あまり見たことがないのかもしれないと考え直した。ここに来るまでの自分もそうだったじゃないか、と。

「この花は何？」

留美ちゃんは薄紫色の花を指さした。私は蝶なら裏山で見ることのできる全種類の名前を答えられたが、花にはあまり詳しくなかった。それでも、その花は家の周辺にもたくさん咲いていたため、父に教えてもらい、知っていた。

「マツムシソウだよ」

「へえ、花なのに、虫ってつくんだ。端っこの、ここの色がかわいいよね」

留美ちゃんはしゃがんでやわらかい花びらの縁の部分を指でなぞりながら言ったが、私にはいまいち理解できなかった。

縁も内側も同じ色だ。女の子には、かわいいと感じるものが、男が見るのとは違って映るのかもしれない、などと、どうにか納得のできる解釈を探してみた。

蝶と人間の色の見え方が違うように……。

話題を自分の得意なものに持っていって、自分をよく見せたい。他の花の名前を訊かれる前に、私は蝶をたくさんつかまえて、標本を作ったことを留美ちゃんに話した。留美ちゃんは標本を自分で作るどころか、見たこともなかったらしい。

アトリエの隅には画板に刺したままの蝶も残っていたので、それを見せるつもりで私たちは花畑を後にした。留美ちゃんは名残惜しそうに何度も振り返りながら歩いていた。

大人たちはリビングでお茶を飲んでいるところだった。

「ママ、聞いて。新しい色がいっぱいあったの」

佐和子さんのところに駆け寄るなり、留美ちゃんは興奮気味にそんな報告をした。

私は父に、留美ちゃんに蝶の標本を見せたいからアトリエに取りに行ってもよいか、と訊ねた。

「今夜にでもと思っていたんだが、そうだな、せっかくだからみんなにも見てもらおう」

父はそう言って、自分が取ってくる、と立ちあがった。うまく伝わっていないことには気付いたものの、父が何のことを言っているのか見当がつかなかった。あれか、と思ったのは、父が両手で箱を盆のように持って戻ってきた時だ。

父はそれを広いテーブルの上に置き、蓋を開けた。

「蝶々の絵だ！」

留美ちゃんが歓声を上げた。

私が初めて作った標本が、美しい額の中に収められていた。木製の縁にはタンポポをイメージした幾何学模様が連なり、四隅には精巧なアゲハチョウの模様が彫られている。果たして、自分はこれほどに絵が上手かっただろうか、と他人の作品を初めて見るかのように、私は無言で額縁の中の世界を眺めた。

額縁は別世界へと続く窓で、その向こうには無限の景色が広がっている。人間のいない蝶だけの王国……。

「蝶々だけ本物がくっつけてある」

留美ちゃんも、額縁の向こうに吸い込まれてしまうんじゃないか、と一瞬錯覚をおこすくらい、夢中な様子で顔を近づけたり離したりしながら、私の作品を見ていた。

「さっきのお花畑ね。きれい。留美、ここに行ってきたの」

留美ちゃんに言われ、佐和子さんや公彦さんも額を囲んだ。

「きれいねえ」

佐和子さんが目を細めて言った。子どもの作品に対するお世辞のようには聞こえなかった。視線は留美ちゃんと同じ。蝶よりもその下の絵に向かっているように見えた。

「なかなか、アーティスティックな色合いだね」

公彦さんが、佐和子さんに言った。佐和子さんも画家だったことに気付き、途端に恥ずかしさが込み上げてきた。立派な額縁に入れられ、プロに見てもらうようなレベルのものではない。

「蝶が見ている世界なんですよ。夏休みに蝶を採集しただけでなく、図書館で借りてきた本で蝶の生態についても調べて、この絵を描いたんです」

お客をもてなすことに専念していた母が、この時は一歩前に出て説明した。息子の色覚について誤解されるのを防ぐためだったのではないだろうか。

「なんと、そんな表現を思いつくとは」

公彦さんは感心したように腕を組んで絵に近づいたり、離れたりしながら眺めていた。私の家族を置き去りに、訪問者である三人が絵を熱心に見ている光景が、演劇を間近に見ているような感覚でおもしろく映った。

私の作品に夢中になっている人たち。

「留美、この絵がほしい」

留美ちゃんは両親に向かってそう言い、私の方を振り返った。まっすぐな視線を受け止めきれず、パスを送るように私は父の方を見た。褒めてもらえるのは嬉しいが、人にあげるのはイヤだと思った。

ただの、夏休みの宿題のつもりで作った作品が、思いがけず自分の手元から離れそうになり、それを意識した途端、これは私のとても大切なものなのだと、作品に対する思いが膨れ上がっていった。

これは、私と蝶の世界を結ぶ窓なのだ。また描いて作ればいい、とは思えなかった。この絵からしか行けない私と蝶だけの世界があり、そこを閉ざされたくない、と。

「買わせてください。この子がこんなにも目を輝かせているのを見るのは、本当に久しぶりで。ぜひ、お願いします」

公彦さんは父に向かって頭を深く下げた。今度は父がそれを受け止めきれない様子で私の方を見た。

「大切な作品を手放せと言うのは心苦しいけれど、それでも、私からもお願いします」

佐和子さんまでもが頭を下げた。

しんみりとした空気を打ち破ったのは母だ。

「そんなことで頭を下げないでください。夏休みの宿題用に作ったものですよ。買うだなんてとんでもない。ぜひ、史朗から留美ちゃんへのプレゼントにさせてください」

唯一、私の作品に何の価値も見出さなかった人。そんな表現をすれば、母親失格と誤解を受けそうだが、その作品を見れば大半の人が、母と同じ感想を抱くはずだ。

そのうえ私は、史朗から留美ちゃんへのプレゼント、という響きは心地よく受け取った。これを渡すことで、留美ちゃんとは今日かぎりにならないような。

「いいよ、あげる。お金もいらない。いいでしょ、お父さん」

父に伺いを立てたのは、額縁ごとあげることに了承を得るためだった。

「史朗が作ったものだ。おまえが決めればいい」

父に言われ、私は留美ちゃんの方を見た。ありがとう、と私にとびついてくれることを若干期待していたが、留美ちゃんはまだ絵を眺め続けていた。まるで魂はもうあちらの世界に行っているかのように。

佐和子さんの肖像画と私の標本を車に載せるのを手伝っていると、公彦さんが私にだけ聞こえるくらいの声で訊ねてきた。

「史朗くんは次のクリスマス、サンタに何を頼むんだい？」

実は、我が家にサンタクロースが来たことはない。ケーキを食べながら母が普通に、お父さんとお母さんからの贈り物だと言って、本や手袋などをプレゼントしてくれていた。誕生日も、自分からリクエストしたことはない。

そのためか、欲しいものを考える、ということに慣れていなかった。

「蝶の観察に興味があるなら、カメラなんかはどうだろう」

公彦さんからの思いがけない提案に、私は目を見開き、返事はそれでよかったようだ。

留美ちゃんからは、ありがとう、そして、「手紙を書くね」というすばらしい約束をもらい、私は頬を熱くしながら去っていく車に手を振った。

山の稜線《りょうせん》上に滲むように広がる夕焼け空が美しかった。

蝶にはどんなふうに見えるのだろう。

その思いを最後に、私は蝶に見える世界に続く窓を頭の中から消した。

後日、母が腰を抜かしそうになったほどのカメラが届き、私は夢中になって、目に映るものすべてにレンズを向けた。まるで、今の記憶ごとフィルムの中に仕舞い込もうとするかのように。

ここでの生活が長く続かないことを予感していたからだろうか。

美しい友人の死を伝える電報を受けた数日後、父もこの世を去った。

麓の町に一人で出かけた帰り、雪道で車がスリップして崖《がけ》に突っ込んでしまったためだった。父があの人に呼ばれたとは思っていない。父があの人を追いかけたとも思えなかった。母に遠慮したのではない。

父とあの人の目に映る世界は違っていた。なぜか、そう感じたからだ。

そして、父の葬儀の際、心無い人たちの噂話が私の耳まで届き、父が勲章を授与されたパーティーのスピーチで「人間の標本を作りたい」と発言し、勲章を返還させられただけでなく、今の時代では公に書くことができない言葉のレッテルを張られ、人間不信に陥っていたことを知った。

だが、私の心に残る父の一番好きな顔は、アトリエで一緒に標本を作った時のものだ。母が蝶の標本作りを好ましく思っていないながらも口を出さなかったのは、それを通じて父の心の回復を感じていたからかもしれない。

父の死後、母の実家を頼って、蝶どころか、人間以外の生物の存在が濁った空気によってかき消された、人造物で埋め尽くされた場所に移り住むことになった。山の家で使っていたものは、ほとんど母が処分した。

幸い、経済的には恵まれた環境にあった。

母と二人で暮らす、当時としては高層に当たるマンションには、私専用の広い一室も用意されていた。新しい学習机も本棚も、生涯にわたって使用するために作られたようなものが選ばれていたのは、母方の祖父が大学教授であったからだろうか。

新しい小学校も、母は気に入っていた。

種類は違うが、文部省が検定した教科書を使っていることは変わりないはずなのに、小学二年生ではなく、間違えて高学年の教室に放り込まれたのではないかと、比較的勉強はできる方だと自信を持っていた自分自身が混乱を起こしてしまうほど、何もかもがハイペースに進んでいくように感じ、私は皆の背を追いかけるのに必死だった。

つらかった。つまらなかった。

蝶を追うのはあんなにも楽しかったのに。手の届かないはるか空へと舞い上がられようが、捕らえたと思った瞬間にひらりと身をかわされようが、擬態で姿を隠されようが、追いかけるのをやめたいと思ったことなど一度もなかった。

頭上にあった太陽があっという間に色濃く姿を変え、その姿を消そうとしているのを、名残惜しく感じていたはずなのに。

一日が長かった。あと何回これを繰り返さなければならないのかと考えただけで、背中に大きな石が載ったかのように膝が沈んでいった。

明日はもう、立ちあがれないかもしれない。青白い顔のまま学校に通い、息絶え絶えに帰宅した後は、自室のベッドに倒れ込む。

蝶が恋しい。蝶のことだけを考えながら生きていきたい。

そうして私は、山奥にいた時よりも蝶に没頭し、できあがったのが……。

美しい蝶のような少年たちを殺害し、標本という名の装飾を施して写真に収め、その芸術を極めるため我が子さえも手にかけた、異常殺人者なのである。

〈前日譚〉

日本の昆虫学、こと、蝶の分野においては権威と呼ばれ、教授の職を得た私の人生は、蝶に導かれたといっても過言ではない。

では、この度の行為は、長年追究してきた私の研究の集大成だったのかと問われれば、それは違うと訂正しなければならない。

蝶のような少年たちを集めた人間標本を作りたい、という気持ちが芽生えたのは、実はほんの半月足らず前のことである。

禁断の世界へと続く扉は突然開かれた。そして、扉を開く鍵《かぎ》はやはり、あの標本だったのだ。

小学一年生の秋、山の家にやってきた留美ちゃんという同い年の少女に、その年の夏に作った蝶の標本をプレゼントした。別れ際に、手紙を書く、と留美ちゃんに言われ、一之瀬一家が帰った翌日から、毎日、ポストを覗くのが習慣になったが、山の家のポストに留美ちゃんからの手紙が届くことはなかった。

お母さんの容体が悪くて手紙を書くどころではないのか。たった一通の手紙を山の中腹にある家まで届けるのが面倒で、郵便配達員がこっそり捨てたのではないか。

毎日、さまざまな想像をしながら残念な気持ちをやり過ごしていたが、こちらも突然、父を亡くし、それどころではなくなった。

新しい家に引っ越してからは手紙を待つのをやめた。留美ちゃん一家は父の葬儀に来ていなかった。その程度のつきあいの相手に、母は転居先の住所を伝えていないだろう。そう考えたからだ。

しかし、留美ちゃんからの手紙は届いた。二五年の時を経て、私の勤務する大学の研究室宛に。当時はまだ助教授だった私が小笠原《おがさわら》諸島の無人島で新種の蝶を発見したという新聞記事をみつけ、あの時の子だと気付いてくれたらしい。

留美ちゃんは画家になっていた。手紙には個展の案内状が同封されており、私は作品よりも、かわいらしかった留美ちゃんがどのように成長したのかを楽しみに、小さなギャラリーへと足を運んだ。

会場に足を一歩踏み入れた瞬間、眩暈《めまい》を起こしそうになった。

色の洪水。彼女の作品が批評される際、最も多く用いられる言葉だ。風景画や人物画が、何色もの色を重ねて鮮やかに描かれていた。どこかの科学機関が彼女の絵を分析したところ、一枚の絵から万に届く種類の色が検出されたとも聞いたことがある。

色彩の魔術師、との異名も、作品を見れば肯首するしかない。

しかし、決して高い評価や人気を得ているわけではなかった。

派手。目がチカチカする。引き算の美学がわかっていない。

原風景やモデルへの敬意が感じられない。

だが、私は打ちのめされた。

本物の洪水のような濁った水ではなく、鮮やかな色の水の塊が混ざり合わないまま巨大なうねりとなって私の全身を巻き込み、息もできないほどに翻弄《ほんろう》した後、乾いた空間へと放り出す。透明であるはずの空間には光彩の残像が残り、夢の世界に浮遊しているような感覚へと体を導く。

これこそが、私がこの目で見てみたいと追い求めていた世界だった。

蝶の目に映る世界――。

蝶の研究をおこなう中で、蝶の目の見え方についてはやはり、私の中で最重要事項と言っていいほどのテーマの一つであった。そのテーマの論文は、海外でも高く評価されている。勤務する大学の理工学部の協力をあおいで、蝶の目が感知する周波数の紫外線レンズを作製し、それを眼鏡に仕立て、世界中の蝶の群棲地《ぐんせい》を歩きまわった。知識と経験の積み重ねにより、眼鏡はなくとも、目に映る景色を蝶の目仕様に脳内で変換することもできる。

私は蝶の目を手に入れた。

その優越感が留美ちゃんの絵を前に、一気に崩壊したのである。

私が研究による積み重ねで得た蝶の目に映る世界は、所詮《しょせん》、風景を写真のように切り取った平面の上に精度の高い紫外線フィルターを載せた程度のものだった。人間が識別できる色のみを変換していただけなのだ。

留美ちゃんの絵は、奥行きや立体感、光や風の当たる角度によって、色彩やそれらが描く軌跡が変わり、黄色いタンポポ、赤いチューリップ、水色のカーテン、白いワンピースといった固定された色は存在せず、色とは常に移ろい続けている生き物であり、物体はその受け皿で、作品はそれらのある日ある時の一瞬を切り取ったものだと、見る者に教えてくれる。

マツムシソウの端っこの色がかわいい。そう言った留美ちゃんの目に映っていたのは、単純に薄紫色の花に紫外線フィルターを重ねたものではなかったはずだ。留美ちゃんですら、その後、同じ色を見たことはないかもしれない、あの時限りの色。人生の一瞬を通過する色。

だが、彼女はそれを絵として再現し、留《とど》め、その目を持たない者たちに見せることができる。神から授かったギフトを、持たない者たちに分け与える。これこそが真の芸術家ではあるまいか。

ノックダウン状態の私の前に現れた留美ちゃんの姿を、鮮明に思い出すことは難しい。白いドレスを着ていたこともあり、モンシロチョウのようだなと感じたことは憶《おぼ》えている。彼女にとってはそれが一番カラフルな衣装なのだろう。

蝶が人間の姿になり、その目に映る世界を描く。

留美ちゃんは蝶の世界への案内人なのだ。

だから私は尊敬と畏怖《いふ》の念を込めて、留美ちゃんにこう言った。

「きみは蝶の目を持っているんだね」

しかし、留美ちゃんはそれをはじけるような笑みとともに否定した。

「留美の目は、留美のもの。すべて私の瞳に映る世界よ。蝶だって、きっと私にはかなわない」

完全なる敗北。心地の良い負けだった。

熱帯雨林の奥地、乾いた砂漠、空に手が届きそうな高地、自分が夢中になって蝶を追った土地を思い出した。深緑、黄土色、コバルトブルー。あれらの場所は留美ちゃんにはどんなふうに見えるのか。

一緒に旅をしてみたい、という淡い思いは、私の体の奥底に渦巻いた湿気を帯びた黒い砂のようなものにあっという間に飲み込まれていった。

何千、何万匹の蝶とともに築き上げた私の聖域に、留美ちゃんを一歩たりとも入れたくない。私には私の見え方がある。表現の仕方もある。

自分が小さな人間だと理解した上での、ささやかな意地だった。

恋へと発展しなかったのも、そのせいか。だが、よい友人にはなれた。

留美ちゃんは私の研究に関心を持ってくれた。

目に映る世界を表現することはできるが、被写体の秘めた特性を知ろうとしたことはなかった。内面にあるものも色で表現できるか、挑戦してみたい。表裏一体を表現できてこそ、本物と呼べるのではないか。それらの言葉は私にも多くの気付きを与えてくれた。

留美ちゃんの目ですら見えない蝶の世界。

ただ可憐で美しいだけの生物ではない、それぞれの蝶が持つ特性。

誕生日には、指輪や花ではなく、私の論文の掲載誌や標本をいくつかプレゼントしたのも、友人のままである一因だったかもしれない。それとも、互いに夢中になれるものがある二人には、時間が足りなかったのか。

再会して一年とたたないうちに、また、別れの日がやってきた。

留美ちゃんは活動の拠点をニューヨークに移すことになったのだ。彼女の作品の評価を国内外で比べてみれば、誰もが納得する決断だった。

とはいえ、インターネットの発達のおかげで、互いの近況報告を簡単におこなうことができたし、留美ちゃんの新作も画面越しに見ることができた。

こちらが「寝食を忘れて蝶を追いかけている僕に、おにぎりを作り続けてくれた相手と結婚することになりました」と一報を入れると、「私はホットドッグとコーヒーを毎朝届けてくれる人と」と返信があり、「幸いなことに妻の顔にそっくりな男の子が生まれました」と連絡すると、「数字に強い優秀な夫の才能を受け継いだと思われる（願望）女の子を授かりました」と。

互いの配偶者を失った時期まで近かった。どちらも悲しい事故でという理由も。

励まし合い、相談し合った。特に、子育てについては。

留美ちゃんに、アメリカ留学をして福祉を学んだ経験を持つ女性が経営するベビーシッター派遣会社を紹介してもらえたおかげで、子どもはまっすぐ素直な子に育ち、私の研究に支障がでることなく、教授になることもできた。

つまり、人生から一瞬たりとも蝶の世界を切り離さずにすんだということだ。しかし、私の脳の奥底に埋め込まれた禁断の扉が開かれることはなかった。

扉には鍵がかけられていた。その鍵は留美ちゃんの才能とは関係しない。

この度の私の作品の中に、特に色彩の面において留美ちゃんの作風を想起させるものがあるからといって、彼女に影響を受けた、などと安易な解釈をするのだけはやめてほしい。

優れた作品に魂を揺り動かされることはあれども、己の内に秘めた扉は、己の作った鍵でしか開けることはできないのだ。

留美ちゃんは、私に鍵を差し出してくれただけ。

その招待状が届いたのは、今年の初夏だ。

正式には私宛ではなく、私の息子、中学二年生のイタルに向けたものだった。

半年前に日本に戻ってきた留美ちゃんは、後進育成のための絵画教室を開いており、その中でも才能を感じる子たちを集めた合宿を夏休みにおこなうことにしたため、イタルくんも参加してみないか、という誘いだった。

イタルの絵について、留美ちゃんにメール等で話したことはなかったが、小学六年時に夏休みの宿題で描いた風景画が全国の大会で第一席となったことを、業界紙のようなもので知ったらしい。

リオデジャネイロのスラム街を含む街並みを描いた水彩画だった。イタル自身は、自分だけ外国の景色を描いているからめずらしくて選ばれただけだ、と私に対しても、新聞社のインタビューにおいても謙遜《けんそん》するような発言をしていたが、そんなひと言で片付けられる作品でないことは、一目瞭然《りょうぜん》だった。

人物は一人も描かれていないのに、そこに住む人たちのさまざまな息遣いを感じることができる絵。決して、親バカな意見ではない。

その証拠に、イタルの絵の才能に関しては、学校の作品展示会などで、同年齢の子どもより抜きんでていることには気付いていたが、アメリカ式の幼児教育のプログラムの一つとして、三歳になる前からベビーシッターに薦められた教室で絵画を学んでいたからだ、くらいにしか捉えていなかった。

いや、ここは正直に記さねばならない。

私は嫉妬《しっと》していたのだ。私が父親から受け継ぐことのなかった才能が、彼に備わっていたことに。妻に似た美しい容姿、そして、知識の吸収の速さまで……。

留美ちゃんからも、熱いメッセージがしたためられていた。

『榊《さかき》という名字がなくとも、イタルくんが榊一朗画伯の才能を受け継いでいることがわかる、すばらしい絵だわ。ぜひ、彼の描く人物画を見てみたいです』

その後に、私たちが初めて出会った日、あの山の家でのことが綴《つづ》られていた。

母親の肖像画を描いてくれた、日本を代表する画家であったあなたのお父さんに、大変失礼な態度を取ってしまったことを心から悔やんでいる。

あの絵の良さが、今になってようやく理解できるようになった。

自分の目に映る世界を肯定できるきっかけとなったのは、あなたにあの花畑に連れていってもらった時だった。

ほんの数時間の滞在ではあったけれど、芸術家としての出発点はあの場所だったとも言える。

帰国後、訪れてみたところ、まだあの家が残っていた。それを別荘として買い取り、リノベーションしたので、息子さんに絵画合宿への参加の意思はなくとも、史朗くんだけでもいいから遊びに来てほしい。

深夜、自宅の書斎でひっそりとパソコンに向き合っていたはずなのに、まさか、と大声を出し、立ちあがってしまった。

あの山の家がまだ存在し、しかも、所有者は留美ちゃん。お客さまだった留美ちゃんが、今度は私を招待してくれている。人生とは、不思議なことが起きるものだ。

牧歌的な気分で少年の頃に思いを馳《は》せ、翌日、私はイタルに絵画合宿への参加を促した。中学では美術部ではなく写真部に入っていたため、興味を持たないのではないかという不安半分に。しかし、あまり感情を大きく押し出すことのない彼が、その提案には笑顔で、行きたい、と答えた。

「クロアゲハ、見れるかな」

絵よりも、蝶に興味を持つ様に、愛おしさが込み上げてきた。

ベニモンクロアゲハを採集したことがあるのに、今更、クロアゲハを見たいとは。

はたと気付いたのは、日頃、一緒にすごす時間が短いぶん、夏休みや冬休みといった長期休暇中に当たる海外出張には同行させていたため、イタルは南米や東南アジアに生息する、モルフォやミイロタイマイといっためずらしい蝶は見たことがあるものの、国内の蝶をあまり知らない、ということだ。

モンシロチョウやアゲハチョウといった私が子どもの頃には、都会と呼ばれる場所でも少し探せば見ることができた蝶たちは、気が付けば日常の景色の中から消えていた。

あの家から裏山に続く花畑に広がっていた蝶の王国、あそこは変わっていないだろうか。イタルを連れていき、「父さんの蝶の研究はここから始まったんだ」と教えたら、彼はどんな顔をするだろう。

扉が開いてしまうまでは、私は普通の父親でいられたのだ。我が子の成長を可能な限り見届けることに幸せを見出せる父親、もしくは人間――。

遠い異郷のような場所だと思っていた山の家は、日本中に高速道路が張り巡らされたおかげで、自宅から自動車で二時間ほどで到着できることがわかった。郵便配達員が手紙を届けることを放棄したのではないかと、子ども心に疑念を持たせたほどの細い山道も、きれいに舗装されていた。

それだけではない。昨今のアウトドアブームを受けて、家から五〇〇メートルほど下ったところにはおしゃれなログハウスを擁したキャンプ場までできており、最寄り駅から直通のバスが一時間に一本の割合で出ていることもわかった。

そこの駐車場に立ち寄ることになったのは、絵画合宿に参加する子たちをピックアップするためだった。荷物を持って歩けない距離ではないが、自家用車で来るなら、と留美ちゃんに頼まれたのだ。

バスの到着時刻に合わせて向かうと、待合所を兼ねた広い四阿《あずまや》に少年たちが五人、スーツケースやスポーツバッグといった大きな荷物を脇に置き、それぞれがスマートフォンを見たり、本を読んだり、思い思いのことをしながらベンチに腰かけていた。

近頃の子どもが皆、小さな頭にすらりとした手足を持って生まれているのか、芸術の才能に恵まれた子たちだからこそ、自己管理に気を配っているのか。

芸能人に遭遇したかのように、声をかけるのに一瞬とまどってしまうような威圧感さえ覚えたものの、車から降りた私が名字を名乗ると、全員が姿勢をただして挨拶《あいさつ》をし、よろしくお願いします、と彼らなりの笑顔を見せた。

「榊先生も絵画指導をしてくださるのですか」

車を走らせる道中、後部座席からそんな質問まで受けた。残念ながら私には絵の才能はなくてね、と軽く流せればよかったものの、キャンプ場から先の道は幼い頃の記憶のままで、道幅いっぱいの大型車に息子を含む若者六人を乗せている身としては、無駄話に応じている余裕などなかった。

しかし、それが後々、私が少年たちを呼び出す口実に使えたのだから、扉は開く前でありながらも、破滅への序曲は鳴り始めていたのかもしれない。

ほどなくして、車は無事、山の家へと到着した。

車から降りた途端、呼吸を忘れるほどに目の前の光景に見入ってしまったのは、私の記憶のままの家がそこにあったからだ。留美ちゃんからリノベーションしたと聞き、勝手に外国のロッジのような外観を思い浮かべていたが、そんなものはどこにもない。

まるでタイムスリップしたかのように、父と母と一緒に暮らした、あの頃の私の家がそこにあった。

朽ち果てたものを記憶の中の姿に戻しただけのリノベーション、と言えばいいのか。留美ちゃんは一度しかこの家を訪れたことがなかったはずなのに。

さらに私を驚かせたのは、その家の玄関から出てきた留美ちゃんの姿だ。

本当にタイムスリップしてしまったのではないかと、今度は目をこすり、まばたきを繰り返した。その姿は、あの日、絵を受け取るためにやってきた女性、佐和子さんと瓜二つだった。父が描いた藝大時代の美しい同級生、の方ではない。車いすにこそ乗っていないが、あとどれほどこの世界に留まっていられるのかと、胸をざわつかせる姿の方の。

電子メールでのやり取りの際、私が画面の向こうに思い描いていたのは、いつの姿の留美ちゃんだったのか。日本に戻ってきた理由は……。

だが、見た目は変わっても、感性は変わらない。私の心中はすべて見抜かれていたのだろう。

「積もる話は後から二人でしましょう」

優しい微笑みを浮かべた顔で私にそう言うと、少年たちの方に向き直り、学校の宿題はちゃんと終わらせた？　と明るい調子で訊きながら家の中へと促した。

少年たちの後に続き、最後に入ることになった私は、自然と胸が高鳴っていることに気が付いた。

足を踏み入れたと同時に、あの頃の自分の姿になってしまうのではないか。この家を離れた、いや、留美ちゃん一家が帰った日からの人生はすべて夢で、これからあの日の続きが始まるのではないか。

そんな想像を鼻で笑って消しとばし、一歩入った先は、記憶の中にあるものと微妙に違っていた。傘立てに虫取り網は差していないし、三和土《たたき》に父の愛用していたぞうりもない。

だが、靴を脱ごうとした瞬間、家の奥から目の前にやってきた少女の姿に、再び呼吸を奪われた。留美ちゃんがいたのだ。両親とともにやってきた、あの時の留美ちゃんが。

道中の緊張からの解放と、ノスタルジックな気分に飲み込まれ、そこにないものを脳が勝手に作り上げてしまったのか。

かわいらしい少女は、せっかくスリッパを並べたのに上がろうとしない私を見て、とまどったように首を傾げた。と、そこに少年の一人がやってきた。

「杏奈《あんな》ちゃん、荷物はどこに運んだらいい？」

その言葉で、現実に戻った。少女は留美ちゃんではなく、娘の杏奈ちゃんだ。よく見れば、あの日の髪型と違うし、服装だってまるで別の、今風のものだ。

そもそも、年齢だって違う。少年たちに感じたのと同じ、小さな頭の、手足がすらりと伸びた、今時の子どもに共通した、小学生と言われればそんなふうにも見えるし、二十歳と言われればなるほどと納得もできるような、見るものによっていかようにも捉えられる外見をしているのは、あの頃の子どもにはなかった特質だ。

そんなふうに現実に戻ったはずなのに、リビングに一歩入ると、またもや足元がぐらりと揺れたような錯覚に陥った。

アマゾンの奥地へ行く際、天候のすぐれない中、プロペラ機に乗ったことがあるが、あの時の感覚と似ていた。気流に巻き込まれて機体が大きく揺れ、ようやく平衡を取り戻したかと安堵したのもつかの間、再び大きく揺れる。

私を飲み込んだのは、壁に掛けられた絵、父が描いた佐和子さんの肖像画だった。広いリビングの壁に飾られているのは、その絵のみだった。色彩の魔術師と世界中で賞賛された留美ちゃんの作品はどこにもない。

だからこそ、記憶が揺らぐ。この絵は、あの日からずっとここに飾られていたのではないか、と。いや、これから渡すのだ。タイムスリップをしたのではない。この家だけが時を止めていたのだ。

何のために？　待つために。誰を？　留美ちゃんを？

もしかして、私を？　どうして？

そんな心のざわめきを消し去ったのは、イタルの声だった。

「お父さん、荷物は二階の奥の部屋に置いてきたよ。留美先生が、日当たりが一番いいからお父さんの部屋だったかもしれないわね、って言ってた」

イタルは初対面となる留美ちゃんのことを私が紹介する前に、留美先生と呼んでいた。他の少年たちに倣い、そうしたのだろう。

彼らもリビングにやってきて、杏奈ちゃんが用意してくれた冷たいレモネードを飲む頃には、イタルも絵画教室の一員であるかのように馴染《なじ》んで見えた。学校はどこ？　部活は？　宿題終わってる？　花火はできるかな？　そんな会話をかわす少年たちを眺めているだけで心が和んだ。

まるで、花畑を軽やかに舞う蝶たちのようだ。

あの子はどの蝶っぽいだろう。あの子は、あの子は……。偶然なのか、留美ちゃんから何らかの指示があったのか、イタルは黒いポロシャツを着ていたが、五人の少年たちは皆、Tシャツなり、ポロシャツなり真っ白い服を着ていた。ズボンの色はバラバラだ。イタルは白い服を持ってきていただろうか、と少し考えてみたがわかるわけがない。

二人で洋服を買いに出かけたことなどなかった。だが、黒い服ばかり着ているという印象はある。おまえの好きなベニモンクロアゲハじゃなく、ただのクロアゲハだな、と言ったことはなかったか。だから、イタルはそれを見たいと言っていたのか。

「史朗くん、来て」

部屋の奥、火の入っていない暖炉の前にいた留美ちゃんに呼ばれた。弱々しい見た目に反して、声には張りがあった。それでまた在りし日に引きずられそうになったが、留美ちゃんは泣いても怒ってもいない。

留美ちゃんによく似た杏奈ちゃんも、少年たちの輪の中に入り、バスはどうだったか、酔わなかったか、キャンプ場は、などと機嫌良さそうに質問していた。二人はハイヤーで来たらしい。

暖炉の前まで行くと、つい、その奥へと目が行ってしまった。奥の壁に添わせるようにして、斧が立てかけられていた。柄は古いが、刃はすぐにでも薪割りができそうな光沢をたたえていた。

さすがに、暖炉の上に絵皿は飾られていない。かわりに、古びた箱が立てかけられていた。かつては白だったのにすっかり黄ばんでしまったような箱。当時、この部屋には何か絵が飾られていただろうか。間違い探しをするように、あの日と今を比べていることを留美ちゃんは察していたのか。

「後で、花畑に行きましょう」

くすりと笑ってそう言った。でもその前に、と続く。

「これも壁に飾ろうと思うんだけど、見てくれる？」

暖炉の上の箱を持ち上げて、テーブルの上に置くと、ゆっくりとその蓋を開けた。出てきたものに、私の魂は一気に引き抜かれてしまう。

私の作った蝶の標本だった。父のアトリエで作った蝶の標本。裏山に続く花畑を蝶の目の見え方で描いた絵にそれを留めつけた、私の作品。額装のおかげか、蝶の翅色一つ、色あせることなく当時のままのように見えた。

絵は下手くそだと思っていたが、改めて見ると、構図はしっかりしていた。そこに塗られた鮮やかな色たち。図書館で借りた本をもとに、自分の中で想像を膨らませて描いた蝶に見える世界は、今の知識と照らし合わせると、解釈違いの部分が大多数だ。

だが、こちらの方が本物に近いのではないか。脳の奥がしびれるような感覚とともに、その思いは強くなっていった。

その後の人生のどの瞬間よりも、ここで過ごしていた時の自分が一番に、蝶の世界と繋《つな》がっていたのだ。

標本から目を離すことができなかった。当時思い描いていた蝶の世界と、新しい知識の積み重ねによって得た蝶の世界が、温かい二種類のチョコレートが、冷たい大理石の上で交互に重なり合ってほどよく融合した層を作りながら固まっていくように、その向こう側へと頭の中にどんどん広がっていったからだ。

正解はこれなのか。頭の中の景色を画像として切り取れるなら、留美ちゃんに訊いてみたかった。きみに見えているのはこの世界か、と。

いや、違う。留美ちゃんの目は、かつて留美ちゃん自身がそう言っていたように、蝶とは違う、留美ちゃんの見え方なのだ。そちらの方がより鮮やかなのかもしれない。

だから、本物の蝶の世界により近いのは、やはり、私の頭の中に広がる景色の方だ。それを留美ちゃんに見せてやりたい。

興奮の中に恐れも沸き上がった。

この脳内変換はいついかなる時もできるとは限らない。神様からのギフトに永遠のものはない。

ならばどう残す？　画像をこの色で変換できるプログラムを作成することはできるだろうか。レンズの機能をさらに細分化させる？　おそらく無理だ。法則を超えた先に行き着いたのだから。

絵が描けたなら。

その時、イタルの声がした。お父さん、と。実際に呼ばれていたようで、ようやく私は標本から目を離し、声が聞こえた方へ顔を向けた。

「おじいちゃんのアトリエがそのまま残ってるんだって。みんなと見に行ってもいい？」

一緒にいる少年たち全員の顔がこちらを向いていた。しかし、その姿は人間ではない。それぞれが違う種類の蝶の化身だった。背景も蝶の色覚のままだった。

体の中心を電流のようなものが突き抜けていった。

人間としては、私だけに見えるこの世で最も美しい光景を、永遠のものとなる形に残し、一人でも多くの観衆に知らしめることこそが……。

神が我に与えし天命ではないか。

ないとあきらめていた芸術の才能が、遺伝子に組み込まれていたことに気付き、人生のすべてを失う覚悟で挑んでみたいという昂《たか》ぶりを、人前では抑えねばならない。作品が完成するまでは誰にも気付かれてはならない。

己の手でその美しい姿を永遠のものにしたい。

対象物が蝶ならば、溢れ出る衝動を抑える必要はない。改めて思う。これまで蝶を追う際、私はどんな顔をしていたのだろう。

研究室の学生たちからはよく、先生はポーカーフェイスだから本心がわからない、と言われてきたが、助手クラスになると、今は頭の中にどの蝶がいるのですか？　などと、からかわれることもあった。

どうしても手に入れたい蝶がいるんだ。

今回ばかりは口にできない台詞《せりふ》だった。では、それを悟られないためにはどうすればいい？　聖書の一節でも頭の中で唱えてみるか。そんな不自然なことをする必要はない。

自らの中に芸術家の血を感じようとも、私という人間を作り上げてきたものは「研究」なのだ。四六時中、蝶のことばかりを考え、妻からは、「寝言でも蝶の名前ばかり。たまには人間の女性の名前でもつぶやいて、私をひやひやさせてほしいものだわ」とあきれられてもいた。

作製に着手するまでは、標本に付随するレポートを書いていればいい。未知の領域を日常の行為で覆い隠せば、何も恐れる必要はない。

あの美しい少年たちは蝶なのだ。

これまで何度、蝶を追って立ち入り禁止区域に足を踏み入れたことか。南米の私有地に迷い込み、銃を突きつけられたこともある。だが、日本の住宅街にある小さな公園で、幼い子どもたちの先頭に立って蝶を追いかける私を、怪訝《けげん》な目で見る母親はいても、通報されたことは一度もない。

蝶の観察に没頭し、多少、行き過ぎた行為とみられることが起きたとしても、榊史朗という人間にとってはめずらしいことではないのだ。

たとえその先に、禁断の行為が待ち受けているとしても。

本物の芸術とは、己が伝えたい世界をその作品のみで表現しなければならないのかもしれない。だが、私は研究者なのだ。

標本とレポートで私の作品は完成する。そう考えると不思議なものである。

肖像画とは……。初めて目にしたものが、父が佐和子さんを描いたものであったため、写真では表現しきれない、絵であることの価値を子ども心に見出すことができたが、父だって見知らぬ人物を描いたことはあっただろう。

画家はモデルのことをどれほど理解しているのか。

留美ちゃんは山の家での初日、イタルを含む少年たち六人の前で、一〇日間で絵を仕上げてもらい、自分の後継者にふさわしいと思う一人を選びたい、と発表した。ただの一等賞ではない、色彩の魔術師として世界的に名を馳せた画家の、後継者。

夏休み、日常から切り離された空間でわくわくしている少年たちを前に、大袈裟に表現して、その場を盛り上げようとしたのかもしれないが、場の空気がピリリと引き締まったことを、競争に参加しない部外者の私でも感じ取ることができた。

どの子の作品も見たことはなかったが、留美ちゃんに後継者候補として選ばれたということは、絵の道を本格的に志している、才能ある子たちなのだろう。

そんな中に、イタルが交ざって大丈夫だろうか。本命の子たちの緩衝材、もしくは刺激剤として、ゲスト的な立ち位置で招待されたのか。

とはいえ、競争となれば、私も運動会を観覧する保護者の気持ちとなる。目に映ったものを精巧に再現するという、留美ちゃんの流派とは真逆にあったとしても、絵の実力は確かなものを持っている我が子に一等賞を期待してしまう。

しかし、モデルが杏奈ちゃんだとわかった途端、不安が込み上げてきた。

山の家に到着して数時間しか経っていなくとも、少年たちが杏奈ちゃんとは初対面でないことがわかった。なれなれしく呼び捨てにする子もいれば、飲み物を受け取るだけで頬を赤らめて目を逸《そ》らす子もいた。

少なからず皆、彼女に好意を持っていることが伝わってきた。

少年たち一人ずつの心の中に杏奈ちゃんがいる。そして、それらはまったく同じではない。日本人形のような美しい容姿や、はちきれんばかりの笑顔に惹《ひ》かれるだけでなく、それぞれが知る性格の面で虜《とりこ》にされた子もいるはずだ。

だが、杏奈ちゃんと初対面のイタルの中には彼女がいない。たとえ、短時間のうちに惹かれるものがあったとしても、それは外見に由来するものだろう。目に映る姿を描写するしかないのだ。

少年たちはどんな絵を描くのか。いや、絵を描く彼らの姿そのものを傍らで眺め、この目に焼き付けて、自分の作品の構想を練りたい。そんな願望を抱いたが、私の夏休みは子どもたちのものとは違う。

山の家には一泊だけして、翌朝帰ることになった。

一〇日後に迎えにくることを留美ちゃんに約束して。

「どんな作品ができあがるか、楽しみにしていてね」

留美ちゃんは笑顔で私を見送ってくれた。同じ顔で、後継者はイタルくんに決定よ、と迎えられることを期待しながら帰路についた。

道中ふと、留美ちゃんの隣で、白いワンピースを着た杏奈ちゃんが手を振ってくれたことを思い出した。朝食時は黒いTシャツ姿だったから、モデル用に着替えたに違いない。そのドレスを……。

白いまま描いては留美ちゃんの後継者となることはできない。

どこかのサービスエリアからイタルに連絡を入れようかと考えたが、すぐに頭を振った。山の家ではスマートフォンが通じない。あちらで何かあった場合はキャンプ場まで下ればいいが、こちらから緊急に連絡を取る手段はない。

そもそも、彼が父親の研究にどこまで興味を持っているかわからないが、付け焼刃で再現できる世界ではない。

そうか、と笑いが込み上げた。誰の視線も気にする必要がなかったからか、声を出して笑ってしまった。

その目を持たない者の中で、一番にその世界を理解しているのは、この私なのだ。

留美ちゃんの後継者になれるのは、私ではないか。

もう一度笑った。同い年で何が後継者だ。

とはいえ、私が思い描いている作品は、世界中の人たちに批判されようとも、留美ちゃんだけは高く評価してくれるのではないか。倫理観を取り払い、純粋に芸術作品として見てくれるのではないか。

あの幼い日、私の標本を欲しいと言ってくれたように。

留美ちゃんに捧げる作品として制作しよう。

私の頭の中に広がる蝶の世界。その奥にある宮殿に住む女王の姿が、留美ちゃんと重なり、一葉の写真のようにしっかりと焼きついた。

しかし、女王様はもういない。

山の家から帰った翌日、私は再び同じルートを走ることになった。イタルから、留美先生が病院に運ばれた、という電話があったからだ。

山の家に向かう途中で病院に寄ると、幸い留美ちゃんは面会ができる状態で、家の鍵を託され、少年たちをそれぞれの家まで送り届けてほしいと頼まれた。

「作品を見てもらいたかったのに、残念だわ」

留美ちゃんは息を深く吐いた。山の家に到着した私に少年たちが同じ表情で、まだどれほども筆を入れていないカンバスをどうすればよいかと訊ねてきた。

30号サイズのカンバスが六個。佐和子さんの肖像画と同じサイズだった。

「近いうちにここでまた再開できるだろうから、倉庫に入れておこう」

決して、その後、少年たちを呼び出す口実にするためにそう指示したのではない。留美ちゃんはすぐに回復するだろうと信じていたし、その願掛けの思いもあった。

山の家で皆で待っていてもいいのではないか、と考えていたくらいだ。

しかし、留美ちゃんは残された体力と気力を山の家に戻ることではなく、アメリカに渡ることに使い、自らの人生において一番輝いた地で残りわずかな日々を過ごすことを選んだ。あの日、面会できたことが奇跡的だったのだと、後から医者によって知らされた。

倉庫の中には巨大なアクリル板ケースがあった。まさに、標本ケースではないか。どうしてこんなものが、と戦く私に、それぞれの作品を屋外に展示するために留美先生が用意したものだ、と教えてくれたのは、どの蝶だったか。角材のようなものまであった。

これもまた天命。背中を押す神の掌《て》の感触を確かに感じ、私は決意した。

作品を写真に残すことに決めたのは、留美ちゃんに見せるためだ。

あの標本と引き換えに留美ちゃんの父親からプレゼントされたカメラを使って。すべてはあの標本に集約されるという人生の美しい軌跡に、私はしばし酔いしれた。

自分で撮った蝶の写真を自ら現像できるよう、我が家には専用の暗室も作ってあった。

私は、山の家に忘れ物があった場合や留美ちゃんからの伝言があった場合のために、少年たちからスマートフォンの番号を聞き、一人ずつ自宅の前まで送り届けた。

「榊先生が絵画指導してくれたらいいのに」

こちらが追いかけると逃げていくのに、ふと気が付けば肩にとまっている。そんな蝶のように人懐っこく話しかけてきた少年に、私はまず連絡を取ることにした。

〈ようこそ、美術館へ〉

ようやくお披露目の時がきた。標本を見たいだけなのに、と、じれったく思われているかもしれない。だが、多くの人たちは「動機」を知りたかったのではないか。

それに加えて、ここまでは心の準備運動だったとも捉えていただきたい。

この先に待ち受けているものは、私にとっては芸術だが、ある人にとっては生理的苦痛を抱くものかもしれない。

せっかくこの作品を開いてくれるなら、気持ち悪さに耐えかねて三頁で閉じてしまうという事態はなるべくさけたい。

しかし、ここまで読めば、受け入れる覚悟もできているだろう。ある程度、作品を想像してのぞむ人もいるはずだ。だが、それ以上のものが待っていることを、約束しよう。

さあ、ゆっくりとご堪能《たんのう》あれ！

【作品1　レテノールモルフォ】

モルフォチョウ科モルフォチョウ属
前翅長　65～85㎜
南米中北部・おもにアマゾン川流域

モルフォチョウの仲間は中南米に六〇種類ほどいるが、本種のサファイアのような青い金属の輝きは一〇〇メートル先からでも見えるほど強く、モルフォチョウのグループの中で特に美しい。

翅は角度により色が変わり、翅についている鱗粉《りんぷん》には青色の色素はないが、この鱗粉には青い光の波長に合わせる仕組みがあり、青い色を出しているように見える。この「構造発色」の特徴を持つのは雄のみである。

翅の裏側は地味な色をしており、目玉模様にも、落ち葉や樹皮の模様にも見える。ジャングルにすむ蝶で、原生林の中を流れる小さな川沿いなどで見られる。


〈作品の展示形態〉

縦二〇〇㎝×横二〇〇㎝×奥行八〇㎝の透明アクリル板（厚さ二㎝）ケースを使用。

内部に同素材の透明な十字架（一〇cm×一〇cm×一九八cmを二本組み合わせたもの）を取りつける。

標本対象者に睡眠薬を飲ませ、心不全治療薬でもあるコルホルシンダロパートを注射器で投与。

肋骨《ろっこつ》より下を斧で切断（モルフォチョウの胴体は油分を多く含み、翅の輝きを損ねる可能性があるため、あらかじめ胴体を取り除いて標本にするという手法に則《のっと》る）。

切断面は特殊加工した蜜蠟《みつろう》シートで覆い処理をする。

肢体の表面は、モルフォチョウの青色を施す。

波長選択反射を再現するための顔料は、グレーの金属粒子と無色の硫化亜鉛の粒子を透明フィルムにコーティングし、このコーティングをフィルムから剝《は》がすことでできあがる鱗粉状の粉である。

顔料を、霧吹きを用いて、角度と濃度が均等になるよう吹き付けるが、心臓部のみ、ケースの真上から太陽光が当たった際、神に心臓をえぐられるかのごとく歪《ゆが》む様を表現できるよう、角度と濃度を調整する。

肢体の裏面は、ガスバーナーであぶる。

両肩甲骨の下に目玉状のケロイド痕《こん》をつける。

ケース内の十字架に銀色の楔《くさび》を用いて肢体を磔《はりつけ》状に固定する。

左手の薬指に、あたかもそこに蝶がやってきたかのように、レテノールモルフォの標本を取りつける。

　ケースを閉じて完成。


〈撮影方法〉

シダ植物の生い茂る場所にケースを立て、表、裏、両面を撮影。

裏面撮影の際、ケースにかかるシダ植物は裏面が表を向くよう調整する。


〈作製意図・観察日記〉

少年たちに会いに行くのは、自家用車ではなく、公共の交通機関をなるべく使用するようにした。私の車はとかく目立つのである。

そのことにフカザワアオ（深沢蒼）は酷《ひど》く落胆した表情を見せた。その日は快晴だったため、楽しみにしていたのに、と。彼の家と彼の通う塾の中間地点となる河川敷でのことだ。

「けっこう高いんだよね」

アオはその車のことを知っていたようだ。だから、キャンプ場で目に入り、それが自分たちの前で停まったことに興奮したのだ、とか。

「塗料の開発に携わらせてもらったから、かなり値引きしてもらえたんだ」

言わなくていいことを卑屈な笑みを浮かべながら伝えたのに、「開発！　すごい」とアオは興奮気味に目を輝かせた。こちらがつい、目を逸らしてしまうほどに。

山の家に集められた少年たちのほとんどが、モデルとして呼ばれたと言っても過言ではないほど、整った容姿に恵まれていた。

その中でもひときわ惹き付けられたのが、アオだ。

アオは自分が美しいことを自覚している。自信に溢れた言動がそれを物語っていた。

幼い頃から美しいという賞賛を浴びるほど受け、それが鱗粉のように幾重もの層となって彼を覆い、輝きを作り上げている。動き一つで輝きは変わる。何をしても、どこから光が当たっても、必ず輝きが生じる。

その輝きはどれほど強い光を浴びても、そして、標本になっても色あせることはない。

持たざる者が光に吸い寄せられるように手を伸ばすかのごとく、彼の輝きの粉に触れてみたいと近寄っても、彼は逃げない。

他者が自分に惹き寄せられるのは当然だと言わんばかりに、その懐に入ることを許すだけでなく、こちらがおそれをなして無意識のうちに空けていたわずかな隙間を、彼の方から詰めてくる。

詰めた距離のまま、彼は甘い言葉を吐く。

きみは持たざる者ではない。その証拠に、僕はきみの蜜を求めてここにいる。それが何なのか、自分で気付いていないなら、僕が教えてあげようか。

彼は塗料の仕組みを知りたがり、モルフォチョウの標本が欲しい、と、せがんできた。金を払うと言ったが、そんなものを息子と同い年の少年から受け取る気はなかった。

どのモルフォがいいだろうかと悩む間もなく、モルフォの中で一番、つまり、世界一美しい蝶とも言われる、レテノールモルフォにしようと決めた。

標本ケースはアクリル製と木製のどちらが良いかと訊ねると、彼は、どちらでもいい、と答えた。本物の蝶の翅でアクセサリーを作りたいのだ、と。

空洞になったガラス玉の内部に蝶の翅を貼りつけ、天然石のように仕上げる職人がいるらしい。それを中心に埋め込んだ蝶を模した銀製の指輪がほしいと言いながら、彼は左手を大きく開いて太陽にかざした。

モルフォの青を常に身に着けていたい。

貴重な標本をそんなことに使うなんて不謹慎かな、と苦笑いする顔も美しく、きみに似合いそうだ、と答えた自分の顔も、けっしてへりくだったものではなかったはずだと想像することができた。

彼のそばにいると、彼の輝きの粉が私にも降りかかり、同じ色の光を発している錯覚に陥りそうになる。

彼の描く絵はシャガールを彷彿《ほうふつ》させる青色が印象的なものが多かった。

山の家での新作は見ることができなかったが、彼のスマートフォンに収められたいくつかの作品の写真を見せてもらった。多少、デッサンに軸のブレが見られるが、青色を駆使して光を表すセンスは抜群に良い。

「名前に影響されてるわけじゃないから。でも、世界一気に入ってる」

彼に絵を習うことにした動機を訊ねたところ、単純明快な答えが返ってきた。

「きれいなものが好きだから」

だから蝶も大好きだよ、と笑った彼の顔を見て、私の心は決まった。

標本の構成を練るに当たり、もっと彼のことを知らなければならないと考えた。

夜の顔を見てみたい。卑猥《ひわい》な欲望ではない。私は太陽の光を受けて輝くモルフォが好きだ。蝶の目を通しても淫靡な色彩にはならない。より奥深い青が顔を出し、己の美しさを主張する。己は色を持たないからこそ、月明かりはどう受け止め、どんな青で輝くのか。

それを知るには、塾帰りの彼を尾行する程度でよかったのだが……。

河川敷の橋の下、色あせたブルーシートに覆われた小屋とも呼べない建物に、アオは火を放った。火を点《つ》けたライターをシートの色あせた部分に数秒かざしただけ。

シートが溶けながら炎をあげると、燃える様子に興味はないと言わんばかりに、その場を悠々とした足どりで去っていく彼を、私は追いかけた。

名前は呼ぶべきではない。歩く彼に走って追いつき、息も切れ切れに背後から肩に手をかけた。ピクリと震えてくれたら、少しは印象も変わっただろうか。

追いかけてきたのが私だということに気付いていたのかもしれない。己の美しさでどうとでも取り込むことができる相手だ、と。

「どうしてあんなことを」

震える声で訊ねた私に、彼は平然とした顔で答えた。

「汚いから。僕の一番きらいな青だ。でも、大丈夫、中はカラだよ。今日はね」

アオはそう言って笑うと、踵《きびす》を返してまた歩き出した。風紀委員長が道端のゴミを拾って処分したかのような、清々《すがすが》しい足取りで。その背中に、ぎょろりとした悪魔の目が見えたのは、私がモルフォの裏面を知っていたからに違いない。

蛾と見紛《みまが》うばかりの醜い姿。

同様の事件が先にも数件あり、警察は同一犯の仕業だと見ていることもわかった。一つ前のケースでは、小屋の中は無人ではなかったという事実を知った。遺体は男女の判別もつかないほどに焼け焦げていた、とも。

それらを、彼に確認しようとは思わなかった。

通報しなかったことに、罪悪感は当然ない。

作品の完成図が表裏ともに明確になったことに、内なる己の興奮が沸き上がり、ただひたすらそれをより理想に近い形で表す方法を模索することのみに集中した。

装飾はいらない。表の美しさと裏の醜さ、両面を観賞できる標本。

モルフォの標本を渡したいから、一緒に行かないか。

そう誘い込んだ山の家で、標本作製に至るまでアオとどう過ごしたかは、完成品に何ら関係することではないため、割愛する（以下同）。

【作品2　ヒューイットソンミイロタテハ】

タテハチョウ科ミイロタテハ属
前翅長　75㎜
南米ブラジル・アマゾン川上流

ミイロタテハ属のチョウは、青や黄色、赤やオレンジなど非常に鮮やかで美しい翅をもつ。また、種数は六、七種で、採集される個体数がとても少ないことなどから、世界中で人気がある。

ヒューイットソンミイロタテハの幼虫は、麻薬の原料としてよく知られているコカの葉を餌として成長する。そのため、体内に毒を持つ。

目立つ色彩は、自分に毒があることを宣伝するためである。


〈作品の展示形態〉

縦二〇〇㎝×横二〇〇㎝×奥行八〇㎝の透明アクリル板（厚さ二㎝）ケースを使用。

標本対象者に睡眠薬を飲ませ、コルホルシンダロパートを注射器で投与。

下肢切断はおこなわない。

右腕以外の肢体の表面、裏面共に、水性コンクリート用塗料を用いて、青緑、青、オレンジの三色を基調としたミイロタテハの翅を想起させる模様を描く。

右腕は紫色を基調としたグラデーションで毒に侵された様子を表現する。

ケースにコンクリートを奥行一〇㎝分、流し入れる。

固まった後、標本対象者を中央に配置。

さらに三〇㎝分、コンクリートを流し入れる際、下肢は全部埋まるよう、両足を揃えて下地コンクリートにペグを打って取りつけたワイヤーで固定する。

上肢は、さなぎがコンクリート壁を突き破って羽化した姿になるよう形を整え、固定する。

コンクリートを流し入れる。

コンクリートが乾いた後、壁面に、ブロメリア、ラタンヤシ、バナナ、などアマゾン川上流に生育する植物を描く。ただし、形や色は正常な精神で視覚に捉える姿ではない。

酩酊《めいてい》状態の中の数秒後には形を変えていることを想起させるラインや、実物では見ることのないだろう色で表現する。

乾いた後に、数カ所、杭を用いてクラックを入れる。

肢体の右腕、肘《ひじ》の内側、太い静脈を表した部分に、ヒューイットソンミイロタテハの標本を、そこから毒を注入しているかのように取りつける。

ケースを閉じて完成。

〈撮影方法〉

鮮やかな深緑の苔《こけ》がむした森の中にケースを立て、正面からのみ撮影。

その後、ケース上部からバケツ一つ分溶いたコンクリートをかけ、森の中にたたずむ墓石のようなイメージで、再度、撮影。


〈作製意図・観察日記〉

山の家に集う少年たちをキャンプ場まで迎えに行った際、私の目を一番に引きつけたのは、イシオカショウ（石岡翔）だった。黒髪、もしくは少年特有の栗色の髪の子たちの中に、一人だけオレンジに近い金髪に染めた頭があったのだから。

私が彼らの年の頃は不良マンガが全盛期で、素行のよくない者は大概、金髪（染めるのではなく、脱色していたはずだ）にしていたものだが、近頃では、風紀の乱れた繁華街を歩いていたとしても、なかなか見かけることはなかった。

一般の生徒と同じように身なりを整え、見えないところで悪さをするのが、最近の不良なのだと教育関係のセミナーで聞いたこともある。

とはいえ、ショウも髪色以外は、不良めいたところは見受けられなかった。

杏奈ちゃんを呼び捨てにし、イタルにも親しげに話しかける、心に壁を持たない陽気な少年だという印象を持った。彼だけが最初から、私に対しても所謂《いわゆる》タメ口で話しかけてきたが、人懐っこい笑顔にとまどいや不快感はかき消された。

だが、少年たち一人一人を自宅まで送り届けた際、やはり、と思うこともあった。私が不良に対して、子どもの頃から変わらぬ偏見を持っていることになる証にもなってしまうが、今更、その程度の思想を取り繕う必要はない。

留美ちゃんクラスの画家の絵画教室に子どもを通わせられるのは、一定水準以上の暮らしをしている家庭の子たちばかりだろうと思っていたし、実際、ショウ以外の少年たちの家は場所や建物そのものが、それを証明するものだった。しかし、ショウの家は台風等で近くの川が氾濫《はんらん》すれば一番に水に浸《つ》かるであろう地区にあった。

彼を観察するに当たり、私はその地区に電車で訪れたが、家に到着するまでに足を止めてしまった場所がある。私鉄の高架下トンネルの壁面に、絵が描かれていた。

宇宙空間で地球を丸呑みしようとしているプテラノドンらしき翼竜。

文章だけ見ると、多くの者は、宇宙空間は紺色に近い青、地球は青と白と緑、プテラノドンは黄土色に近い茶系を思い浮かべるのではないだろうか。しかし、どの色も用いられていない。黄色、オレンジ、紫、青緑……。まるで、ヒューイットソンミイロタテハの色彩だった。青はあるが、それはプテラノドンの翼の一部に用いられていた。

形も長時間眺めていると酔ってしまいそうな歪みや揺らぎがあった。デッサンができていないのではない。正しい形を捉えた後に、ぐにゃりと時空が歪んでしまったような錯覚に陥る。そんなでたらめな世界なのに、何が描かれているのかわかるのだ。

自分の中からは絶対に生み出されない世界。

その感覚は、人間と蝶の目の見え方が違うと知った少年の日、そして、留美ちゃんの個展に初めて行った日を、私の中に想起させた。

体の芯《しん》が震えていた。これは何の目を持って見た世界なのか。

その時、背後から「おじさん」と声をかけられた。

ショウだった。絵の具の箱と一緒に洗濯機に放り込んだのではないかと思うような色彩のよれよれの白地のTシャツに、黒いニッカボッカのようなズボンをはいていた。金色の髪は、これまた同じ洗濯機に放り込んだのではないかとため息をつきたくなるようなタオルで上半分が隠されていた。

「これ、俺が描いたんだ」

ショウは私が絵を眺めていたところを見ていたらしい。

「役場のヤツがまた来ちまったってがっかりしてたら、おじさんだったから安心したよ」

そう言ってニカッと歯を出して笑った。煙草を吸っている歯の色には気付かないフリをして私も笑い返した。

「きみはおもしろい目を持っているんだね」

私のその言葉にショウは驚いたように目を見開いた。

「ここで、留美ちゃん先生に同じ台詞を言われたんだ。これとは違う絵だったけど。何？二人、付き合ってんの？」

そんな単純な発想でよくこの絵が描けたものだ。あきれながらも、同じ場所に立って絵を眺める留美ちゃんの表情を思い描くことができた。病に侵され、疲れた表情の下から、少女時代、山の家から裏山に続く花畑に案内された時に見せたあの顔が、滲み上がってきたのではないか。

「それで、留美先生はきみを絵画教室に誘ったのかい」

「その通り。もしかして、おじさんも俺をスカウトしに来たの？」

ショウはおもしろそうに留美ちゃんとのやり取りを話してくれた。月謝も材料費も払わなくていい。特待生として教室に招待したいからぜひ来てくれないか。必要なら、交通費も出す。そんな、熱烈な勧誘を受けたそうだ。

「俺、小学生の時から、絵はよく賞に選ばれてたけど、そこまで褒められたことはなくてさ。それどころか、絵が上手けりゃいいってもんじゃないとか、どこに描いてもいいわけじゃないとか、調子に乗るなとか、逆に怒られてんの。だから、留美ちゃん先生に褒められたのは嬉しくて、教室に行ってみたんだけどさ、おぼっちゃまお嬢さまの集まりで。ここじゃ描けねぇわ、って」

彼自身、他の少年たちと違うことに気付いていたのだ。

「そしたら、留美ちゃん先生、俺だけ違う時間に来て、一人で描いていいって」

山の家で留美ちゃんが言っていた、後継者。一番の候補はショウだったのではないかという思いが込み上げた。

特別な待遇を与えてまで、描かせたい子。しかし、どこまで許せる？

私は南米の安宿や酒場に漂っていた香りを思い出した。甘い、バラとユリが七対三の割合で混ざったような香り。いや、それらの花をイメージした安価な香料が同じ割合で混ざった、化学薬品っぽい、香り、匂い、臭い……。

幾度か誘惑にかられたことはあるものの、強い理性を持ち……、そう、幼い我が子の顔を思い浮かべて退けてきたもの。

「きみが持っているのは特別な目じゃないんだね。頭の中にこのすばらしい世界を浮かび上がらせる悪魔の品を、留美先生は使うことを許可してくれたのかい？」

その時、ショウが浮かべた笑みこそが、彼が悪魔と契約していることを証明していた。悪魔は彼に楽園を提供する。その代償として、彼は楽園の絵を描く。そこに、新たなる生贄《いけにえ》を誘い込むために。

ショウはスマートフォンで、留美ちゃんの教室で描いた絵の写真を見せてくれた。留美ちゃんからのお題は「蝶の舞う花畑」だったという。私の知らない蝶たちが、知らない花の上を舞っていた。どこだ、ここは。どこにあるのだ。

こんな世界で遊んでみないかい？　そう言って、ショウの絵とともに売人に誘われていたら、私は断ることができていただろうか。

「一年前までの自分なら許していなかったけど、って」

やはり、留美ちゃんは気付いていたのだ。十代前半の、自分の娘と同い年の少年が、薬物に手を染めていることを知りながら、更生へと導くどころか、それを使用して絵を描く環境を整えてやっていた。

「まあ、でも、俺は堅苦しく教室でカンバスと向き合うより、好きな時に、こういうところに描く方が楽しいよ。役場のヤツにみつかって、消されちまうとしてもさ。まったく、ヘンなところに金使わずに、留美ちゃん先生みたいに、金がないけどキラリと光る何かがある、青少年の育成にでも使ってほしいもんだよな」

ショウは作り物めいた高笑いをして、片手を上げ、その場を去っていこうとした。自動車修理工場で働いている「センパイ」という人物から、塗料を譲ってもらうのだという。ついでに薬もね、とも。

「おじさんの車のヤツは高すぎて無理なんだってさ」

そう言い残して去ったショウを、私は後日、その塗料をプレゼントしたい、と言って呼び出した。

芸術の発展のためにも、彼は作品から除外した方がいいのではないかという迷いも生じたが、薬物から生じる世界を描いた作品は、それがどんなにすばらしくとも、公の場で評価されることはないだろう。むしろ、連続殺人者に輝かしい未来を奪われた少年の作品、となった方が、今ある彼の作品は保護されるのではないだろうか。

ああ、私のこの思想も、薬物による反応であれば、どんなに救われるだろう。

悪魔により狂気を植え付けられたのではない。狂気はもともと私の中にあった。

そういう人間を、世の中は悪魔と呼ぶに違いない。

【作品3　アカネシロチョウ】

シロチョウ科カザリシロチョウ属
前翅長　35㎜
中国南部、マレー半島、インドシナ半島、ボルネオ島

カザリシロチョウの仲間で一番広域に分布しているのは、この種だと思われる。アカネシロチョウは翅裏の基部に赤い紋があり、この種に限らず、カザリシロチョウの仲間は一般に裏面が派手な色や模様で、表面は白と黒の地味なものが多い。食草はヤドリギ科で、蝶の中でも変わった植物を幼虫の時に食べる。


〈作品の展示形態〉

縦二〇〇㎝×横二〇〇㎝×奥行八〇㎝の透明アクリル板（厚さ二㎝）ケースを使用。

木製の十字架（一〇㎝×一〇㎝×一九八㎝の材木二本を組み合わせたもの）を、杉の樹皮のように油彩絵の具で塗装し、ケース中央に取りつける。

標本対象者に睡眠薬を飲ませ、コルホルシンダロパートを注射器で投与。

下肢切断はおこなわない。

頸部《けいぶ》を斧で切断し、顔が背面側にくるよう配置して、特殊加工した蜜蠟シートを用いて接着する。

肢体の頸《くび》から下、胸部側は、砂を混ぜた油彩絵の具の白と黒でアカネシロチョウの表翅をアレンジした模様を、ざらりと乾いた雰囲気を出しながら描く。

肢体の頸から下、背面側は、黒と黄色でアカネシロチョウの裏翅をアレンジした模様を描く。両肩甲骨上部から臀《でん》部にかけて、直径約五㎝の赤いバラを描いてライン状の模様を構成し、花の輝きを強調するため、同色、光彩仕様の粉末絵の具で仕上げる。

顔面含む頭部はヤドリギを想起させる配色とデザインを施す。

十字架に肢体を背面側が上になるように載せ、蔓《つる》バラで固定する。

閉じた右目の上にアカネシロチョウの標本の表面が上を向くように、左目の上に標本の裏面が上を向くように載せ、固定する。

ケースを閉じて完成。


〈撮影方法〉

樹林帯の中、木漏れ日がスポットライトのようにケース上部に当たる場所に立て、表、裏、両面を撮影。

せせらぎの音を想起させる水辺があれば、そこでも可。

〈作製意図・観察日記〉

パソコンやスマートフォンは活用する方ではあるが、シロウトの撮影した動画に興味を持ったことはない。とはいえ、息子にあまりそういうものを見るなと忠告するほど嫌悪はしておらず、だからといって、食事中にまでそれを見ていることには黙っているわけにはいかなかった。

たとえ、一人で食事をとるのが常で、その日はたまたま目の前に父親がいるだけという状況にあっても。

しかし、イタルは悪びれる様子なく、なんと、スマートフォンを私に差し出してきた。

「もう切るけど、でもこれは、お父さんも見てみて」

仕方なく画面に目を落とすと、上下赤い革素材のロックスターのような服を着て、顔に歌舞伎の隈《くま》取《ど》りを連想させる濃いメイクをほどこした少年が、激しい音楽に合わせてダンスをしていた。

私が二十代の頃、町のいたるところで流れていた人気歌手のロックナンバーだった。亡き妻も、確か、ファンクラブに入っていたと言っていなかったか。

今風にアレンジされたダンスは見事なものだったが、それよりも私の目を引いたのは、彼の背景にある絵だった。彼の身長よりも高い、大きなカンバスには、赤いバラの花が油彩絵の具で描かれていた。

彼自身が描いたのか。立体感のある、淫靡ともとれる艶《あで》やかな色彩の、子どもにしては見事といえる出来だった。

「あれ、もしかして気付いていない？　山の家にいた留美先生の教室の子だよ」

そう言われるまで、言われても、どの子か、いや、どの蝶か、わからなかった。イタルを除いてたった五人、四。消去法で最後の一人になっても、確信が持てなかった。

私の頭の中に残っていたのはアカバネヒカル（赤羽輝）だった。

どんな顔だったか背丈はどうだったか思い出せないほど、地味な印象の。モルフォやミイロタテハが近くにいたせいで目立たなかったのではない。

たとえば、コノハチョウのように、鳥から身を隠すため、表はオレンジ色と青色の美しい翅を閉じて、枯葉そっくりの姿に擬態する種もあるが、そのイメージとも違う。

前を向いて、顔を上げているのに、周囲の景色と同化してしまう、不思議な気配を持った少年。すっきり整った顔立ちは、濃い化粧をしなくても女の子からの人気は出そうなものだが……。

美しい、醜い、ではなく、印象に残るかどうかの方が、短い動画を披露する上では重要なのだろう。

「普段とは真逆の姿をさらした動画を撮っていることを教えてもらえるくらい、短期間で仲良くなったんだな」

「ううん、僕が勝手に偶然みつけたんだ。もっとハッシュタグとかつけたらバズりそうなのに、目立ちたいのか、ひっそり好きなことをやりたいのか、よくわかんないんだよね」

よく見ると、再生回数は三桁《けた》しかなかった。この世界をよく知らなくとも、人気がないとわかる数字だ。

「まあ、隠し事と宝物は表裏一体の場合もある」

口をすべらせたことをごまかすように咳払《せきばら》いをし、私はイタルにスマートフォンを返した。

その後、自室のパソコンで、例の動画を何度も繰り返し見るうち、形の定まらなかったヒカルの姿は私の頭の中で、明確な蝶の姿へと変貌《へんぼう》していった。

数日後、私はヒカルをとあるコンサートホールの前に呼び出した。

「ここと、僕のバラの絵と何か関係があるんですか？」

ヒカルがそんなことを訊ねたのは、私がそれを彼を呼び出す口実に使ったからだ。

「昔、妻が夢中になっていたロックスターがいてね。伝説のライブと語り継がれる名場面があるんだ。アンコールを含めた最後の曲の終盤、スター自らが胸にナイフを突き立てる。すると、まるで血しぶきが吹き出すように、ステージいっぱいに赤いバラの花びらが降り注ぐんだ。スターはナイフが刺さったまま最後まで歌うと、そのままバタリと倒れて、舞台は暗転。何人もの女の子たちが悲鳴を上げながら倒れたらしい」

「奥さんもですか？」

「いや、私の妻は強いというか、しっかりしているというか、ちゃっかりしているというか。後方の客席だったのに、どさくさにまぎれて前までやってくると、バラの花びらを拾えるだけ拾って、ポケットに詰め込んだらしい。それを押し花にして栞《しおり》にしたものを見せてもらったことがあるよ。変色していたから、勘でしかないが、きみが描いたバラもそのステージのバラをイメージしたものじゃないのかな」

ヒカルはしばらく口を閉じていたが、ホール入り口に続くまっすぐに伸びた階段を見上げ、長い息を吐いてからこちらに向き直った。

「そのスターは、濃いメイクをしていたけど、おじさんくらいの年の、生きている彼を知っている人たちは、どこかで素顔を見たことがあるんですか？」

スターはそのライブの数日後、文書のみで引退表明をし、多くの人たちが彼を忘れた頃、自宅の寝室で胸にナイフを突き刺して死んでいた。他殺か自殺かもわからない。ベッドに赤いバラの花びらが敷き詰められていた、というのは妻が拾ってきた噂話だ。

「いや、私はないね。おそらく、妻も。だけど、私の場合、骨格を見れば、きみがそのスターと瓜《うり》二つじゃないかということは予測がつく」

はったりは一割もない。蝶の目の見え方以外にも、研究の末に見えるようになったものはある。

「僕は目立っちゃいけない子なんです。父親が誰だかわかると、お母さんが逮捕されるからって。逮捕は、ただのどこかの会社の重役の捨てられた愛人で、父親のことに触れてほしくないがためのおどし文句だと思ってたのに、ユーチューブでそのロックスターをたまたま見つけた瞬間、この人が父親かも、まさか、でもだとしたらそういうことかもしれない、って。不思議なことに、それまでは作文発表会なんかでステージに立つのも恥ずかしくてイヤだったのに、父親と同じ血が流れていることを考えると、ステージに立ってスポットライトを浴びたいなんて思ってしまったんです」

私は深く頷いた。父親の血を求めるのは息子の宿命なのかもしれない。

「それで、メイクをして動画を流すくらいなら大丈夫だろうと、自分でできる精一杯のステージを作りました」

「すばらしい絵だったよ。本物のバラよりも、血の色をしていた。白いバラを血で染めたんじゃないかとか、花びらに触れると指に血の跡が残るんじゃないかとか、鋭利なトゲからバラを握った人の血を吸い取って花びらに蓄えているんじゃないかとか、妖《あや》しい想像を掻《か》きたてる」

「留美先生にも同じようなことを言われました」

なんと、留美ちゃんは動画をみつけて彼に連絡を取り、絵画教室に誘ったらしい。

「でも、こんなことも言ってくれたんです」

それは、私には思いつけない言葉だった。

「自らがステージに立たなくとも、作品がスポットライトを浴びれば、自分も喝采《かっさい》を浴びたことになる、って」

以来、ヒカルは動画撮影はやめ、絵の勉強に専念していたと言う。留美先生の後継者となれる、見る者の心の中に華やかな光を照らす絵を描けるようになるために。

果たして、それは本心だったのだろうか。

父親の血を恋う思いは留美ちゃんにはわからないはずだ。

ヒカルが望んでいるのは、やはり、自らが主役としてステージに立ち、スポットライトを浴びることではないのか。

もしかして彼の父親は、と気付かれたいのではないのか。

私ならその夢を叶《かな》えてやることができる。ヒカルの真の姿を、芸術という名の標本に変えて。

【作品4　モンシロチョウ】

シロチョウ科モンシロチョウ属

前翅長　20〜30㎜

日本を含む北半球の温帯地域、オーストラリア

キャベツ栽培とともに世界に広がった蝶で、キャベツだけでなく菜の花なども食べる。比較的採集しやすいため、昆虫の生態や生活環を学習する教材としてもよく活用される。翅は白いが、前翅と後翅の前縁が灰黒色で、さらに前翅の中央には灰黒色の斑点《はんてん》が二つある。

モンシロチョウは紫外線を色として感じることのできる視細胞も持っており、四原色以上の世界を見ることができる。

モンシロチョウの雄の翅は紫外線の色覚「紫外色」を有し、雌雄の紫外線写真を撮ると、雌の翅は白く、雄の翅は赤黒く写る。人間の目には同じようにしか見えないモンシロチョウの雌雄が、紫外線が見える彼らにははっきりと識別できることがわかる。

〈作品の展示形態〉

縦二〇〇㎝×横二〇〇㎝×奥行八〇㎝の透明アクリル板（厚さ二㎝）ケースを使用。

縦一九八㎝×横一九八㎝×厚さ五㎝のカンバスを用意する。

四原色の色覚で表した、月夜の菜の花畑の絵を水彩絵の具で描く（一之瀬留美・作「サファイアの夜」参照）。

完成した絵をアクリル板ケースに入れ、背面内部に接着剤で固定する。

標本対象者に睡眠薬を飲ませ、コルホルシンダロパートを注射器で投与。

下肢切断はおこなわない。

白い和紙を幅七㎝の包帯状にカットし、頸部より下をミイラのように巻いていく。

両手の肘より先の部分を、朱色の墨汁をしみ込ませるように着色する。

黒色の墨汁でモンシロチョウの雄の翅を想起させる模様を体全体に描く。

肢体を絵の中央に置き、透明なテグスでカンバスに縫い付けるように固定する。両手は絵の上部中央に描かれた月に触れようとしているように高く伸ばす。両足は揃えて膝を折って左側に倒し、母親の胸に抱かれているような姿勢にする。

モンシロチョウの雄の標本を三〇点用意し、閉じた両目から蝶が羽化するように現れ、朱色の腕を伝い、月に向かって飛んでいく様を表現するように配置して固定する。

ケースを閉じて完成。


〈撮影方法〉

高山植物が咲き誇る花畑の中央に立てる。

午前0時と正午に撮影。午前0時に関しては、厳密にではなく、月の位置を優先する。

〈作製意図・観察日記〉

五人の少年を自宅まで送ったが、中まで招じ入れられたのは、シラセトオル（白瀬透）の家のみだ。彼の家が最後だったということもある。

固辞するつもりでいたが、トオルによく似た、色白で愛嬌《あいきょう》のある黒目がちな目をした小柄なおばあさんに三度誘われてしまったら、断ることはできない。

道路に面した古めかしい門をくぐり、手入れされた広い庭をながめながら、文化財にでも指定されていそうな立派な日本家屋に足を踏み入れると、水墨画の屛風《びょうぶ》が目に飛び込んできた。画家の子でありながらこの分野にうとい私は、水墨画の題材として蝶を取り上げることが一般的なのかめずらしいのか、判断がつかなかった。

菜の花畑に群れるモンシロチョウの絵だった。

「僕が描いたんだ」

背後でトオルが得意げにイタルに話すのが聞こえ、ほう、と私も振り向いた。著名な画家の作品だと言われれば、私などすっかりだまされてしまうほどの出来栄えだった。

普段は週に一度、水墨画の教室に通い、留美ちゃんの教室の合宿には、ゲストとして招待されたのだという。

色彩の魔術師の対極にありそうな作風は、イタルが招待されたのと同様、後継者の本命である少年たちに「気付き」を与えることが目的だったのかもしれない。

墨の濃淡を使い分けた、蝶の息遣いが聞こえてきそうな静かな躍動感がある絵に、蝶の目の見え方を重ねてみたいとは思わなかった。

白と黒の中にある静謐《せいひつ》さ、美。おまえたちにはわからないだろう、と絵の中の蝶に対して優越感を抱いた。いつも、いつも、何十年も、ただ彼らの目がうらやましかった私が、だ。

玄関に近い和室でお茶とカステラをごちそうになっていると、トオルが私に話しかけてきた。

「榊先生、僕、先生の本を持っているんです」

私の父、榊一朗の作品集でも持っている、ということだろうか。

「蝶っておもしろいなと思って。擬態とか、翅の裏表の違いとか、雄と雌の習性の違いとか、先生の本を読んだ後に蝶を見ると、小人に翅が生えているようなイメージで、会話が聞こえてくる気がするんです」

まさか私の著作とは。トオルと出会ったのはほんの二日前だった。ということは、それ以前に私を認識し、本を読んでくれていた、ということか。一瞬、めぐり合わせのようなものを感じたが、まてよ、と冷静になった。

留美ちゃんが薦めたのかもしれない。ゲストとして合宿に招かれたといっても、どこかで一度くらいは会っているはずだ。

それでも、目を輝かせて蝶の話をするトオルに私は好感を抱いたし、さらに止《とど》めのひと言が放たれた。

「でも、一番興味があるのはモンシロチョウの目の見え方です」

トオルを何かしら絵を口実に呼び出すつもりではあったが、まさか、私が一番得意とする分野に興味があるとは。

その日はお茶一杯分の時間で白瀬家を後にし、後日、私は山の家にトオルを連れ出した。

蝶の観察を一緒にしよう、と誘って。

トオルに関しては、この後のやり取りが作品に大きく影響するため、続けて記しておく。

山の家から裏山に続く花畑に連れていくと、トオルは蝶の群れに歓声を上げた。

「モンシロチョウがいる。僕、一番好きなんです」

山にいるのはスジグロチョウだと訂正はしなかった。

かの日の留美ちゃんを思い出したからだ。今なら、彼女がなぜモンシロチョウが好きだったのかわかる。私の目には白い翅に見える同じ場所に、彼女は何色もの鮮やかな色を見ることができるのだから。

四原色の色覚を持つ留美ちゃん。しかし、この特性は女性にのみ現れるため、トオルはその目を持っていない。だが、少しでも垣間《かいま》見ることができれば、まだまだ柔軟な頭を持っているであろう年齢に加え、芸術家としてのセンスで、想像をぐっと広げることができるはずだ。

私は紫外線眼鏡をトオルに差し出した。

「雄の翅が本当に赤く見えるか試してごらん」

しかし、彼は眼鏡を受け取らず、首を横に振った。

「ごめんなさい。実は僕、赤色があまりよく見えないんです」

謝らなければならないことではなかった。

トオルは花畑に目を遣った。彼の目にどう映るか、知識として想像はできたが、私は頭の中にその光景を思い浮かべなかった。

「お母さんは留美先生と同じ目を持っていたんです」

唐突に、トオルは黄色い花に留まった蝶に焦点を合わせて、語り出した。

「僕、黄色は好きです。菜の花と同じ色だから。よく、白黒でしか見えていないって勘違いされるけど、先生に説明する必要はないですよね。お母さんは普通の人には見えない色が見えていた。それを、留美先生のようにギフトとして捉えられたらいいけど、四原色で見える人みんなに芸術の才能があるわけじゃない。人と違うということを、欠陥のように捉えていたんです。自分の子どももそうなったらどうしようって心配してたけど、男の子が生まれてホッとしていたのに、自分とは違う欠陥を持っていたことがわかって。でも、一番それを受け入れられなかったのは、普通の見え方をしているお父さんとそっちの親戚《しんせき》たちで、お母さんは離婚して僕を自分の実家に連れて帰ったんです」

まだそんな価値観を振りかざす人間がいることに、私は憤りを覚えた。

「どちらも欠陥じゃない。それに、普通の見え方というけど、自分が普通だと思っている人の目に映っている色が、隣に立つ普通だと思っている人の目に映っている色と同じだとは、誰もわからないのに」

「でも、おばあちゃんの家に行ってよかったんです。おばあちゃんが水墨画を勧めてくれて、おじいちゃんがコネを使って大人しか入れない教室に入れてくれて。そうしたら、水墨画の先生が留美先生のセミナーを紹介してくれて」

「セミナー？」

「四原色の色覚を持つ人はお母さんのように悩んでいる人もけっこういるらしくて、留美先生はそういう人たちを対象にしたセミナーを開いてくれていたんです。僕もついていって。そこで驚く話を聞きました」

「どんな話だい？」

「私たちよりもさらに多くの色を認識できる生き物がいる、って。モンシロチョウやアゲハチョウは紫外線を色として感じることができる視細胞を持っていて、四原色以上の世界を見ることができるんだ、って。そこで、榊先生のことも知ったんです」

やはり、留美ちゃんだったのだ。

「それを蝶が悩むと思う？　って」

そう言って笑う彼女の顔を想像することができた。

「お母さんも元気になって、夜に二人で散歩に行くようになりました。前は、夜でもサングラスをしていたのに、それなしで。夜で練習して、昼間も自信を持って外を歩けるようになろう、って。僕、青と黄色は見えるんです。紺色と群青色と藍《あい》色の区別もつく。だから、満月の夜の菜の花畑が本当にきれいで、お母さんと同時に『きれいだね』って言った時には本当に嬉しかった」

頭の中で警鐘が鳴った。モンシロチョウに見えていたトオルが徐々に、人間の姿に戻っていたのだ。観察も大切だが、深追いしすぎて人間ならではの感情をみつけてはならない。そろそろ家の中に戻ることを促そうとした時だ。

「留美先生、もう少し早く日本に帰ってきてくれたらよかったのに」

「どうしてだい？」

「満月の菜の花畑を見た夜、お母さん、薬をたくさん飲んで、そのまま目を覚まさなかったから。そうなるとやっぱり、普通に見えるのが一番幸せなんだ、僕のこれもやっぱり欠陥なんだ、って、辛《つら》くなって水墨画教室も休んでいたら、留美先生が合宿に誘ってくれたんです。お母さんの目もトオルくんの目もギフトなんだと気付いてもらえるはずだから、って。なのに……」

留美ちゃんは何も提示しないまま、トオルの前から去ることになった。

小さく震えるトオルの肩に、私は手を伸ばし、そして、引っ込めた。その背に白い翅が見えたからだ。

きみたち親子がギフトを与えられていたことを、私が証明してあげよう。

翅をたたんでやさしく胴体をつかむように、トオルの両肩に手を乗せた。このまま手をずらし、トオルの腹をつぶして仮死状態にできないことを、ひどく残念に思った。

【作品5　オオゴマダラ】

タテハチョウ科オオゴマダラ属

前翅長　70㎜

東南アジア、日本・南西諸島

開張は一三〇ミリに及び、日本のチョウとしては最大級。

翅は白地に黒い放射状の筋と斑点《はんてん》がある。

ゆっくりと羽ばたき、ふわふわと滑空するような飛び方と翅の模様が、新聞紙が風に舞っているように見えることから、「新聞の蝶」と呼ばれることもある。

雄の成虫の腹部先端には、ヘアペンシルというブラシのような器官がある。マダラチョウ類に共通する器官で、フェロモンを分泌し、雌を引き付ける働きがある。雌をみつけた雄はヘアペンシルを広げて雌の周囲を飛び回る。

〈作品の展示形態〉

縦二〇〇㎝×横二〇〇㎝×奥行八〇㎝の透明アクリル板（厚さ二㎝）ケースを使用。

縦一九八㎝×横一九八㎝の白い模造紙一〇枚分に、女性の嘆く顔が徐々に笑顔になる様を、黒の油性ペンで描く。女性の背景はボタニカルアート（高山植物を中心とした、山の家周辺で見られる植物）とし、女性が笑顔になるにつれ、植物は枯れていく様を描く。

一〇枚を重ねて四辺を糊《のり》付けし、ケースに入れ、背面に接着剤で固定する。

絵の中心から対角線上の四方に八〇㎝の切れ目をカッターナイフで入れる。

標本対象者に睡眠薬を飲ませ、コルホルシンダロパートを注射器で投与。

両足を斧で切断。

切断面は男性器を残し、特殊加工した蜜蠟シートで覆い処理をする。

男性器全体に、アクリル絵の具で茶色に着色した虫ピンを、ブラシを想起させる配置で刺す。

肢体の表裏に、白と黒のアクリル絵の具でオオゴマダラの模様を施す。

アクリル板ケースを立て、上部左右両端二〇㎝入った部分に穴を四カ所開け、ロープをボタンを縫いつけるようにしてかける。内側からその結び目に別のロープを差し込み、肢体が宙吊《ちゅうづ》りになるように両手首をしばって固定する。

切れ目を入れた模造紙の中央を一枚ずつ外側に巻きつけながら開いていく。一〇枚分、開き方を調整しながら、一番下にある女性の泣き顔が中央に見えるようにする。

肢体の顔は両目を閉じ、口から舌を引き出す。そこに、オオゴマダラの標本を取りつける。

ケースを閉じて完成。


〈撮影方法〉

南国らしさと、空高く舞っているイメージを出すため、周辺に高い樹のないガレ場、もしくは砂地にケースを立て、背景がなるべく空一色になるよう、地面から空を見上げる角度で撮影する。

正面からも記録用として撮る。


〈作製意図・観察日記〉

当初、クロイワダイ（黒岩大）に他の少年たちほど興味を持つことができなかったのは、結局、私が人間を見た目だけで判断していたからなのか。

体が縦にも横にも大きなダイは、顔こそ昭和の二枚目といった整い方はしていたが、芸術家といった雰囲気ではなく、柔道家と呼ぶ方がふさわしいように思えた。現に、学校の部活動は柔道部だという。

蝶の中に交ざった、カブトムシ。私は小学一年時の夏休みの宿題として、自分のものよりも注目を集めていた昆虫採集標本を思い出した。私の標本に彼は必要ない。

別れ際の印象もあまりよくなかった。

小さな（彼の背中にあったからそう見えたのか）リュックサック一つを背負って車を降りたダイに、私は「画材を忘れていないかい？」と訊いた。すると彼はリュックを下ろして中を覗き、これまた小さなペンケースを出して「大丈夫です」と答えた。

絵の具などは、留美ちゃんに借りるつもりだったのだろうか。それとも、デッサンのみを徹底的にやろうとしていたのか。だが、留美ちゃんの後継者選びの合宿で、それはないはずだ。高層マンションのエントランスに消えていく彼の姿を目で追いながら、画材が買えない環境にあるとは思えなかった。

せっかく留美ちゃんに声をかけられたのに、ただ遊ぶことを目的にしていたのかも、と考えると、彼がどんな絵を描くのか想像する気すら失《う》せた。

とはいえ、一度くらいは観察しておいた方がいい。私は、彼の通う中学の最寄り駅まで電車で向かうことにした。同じ沿線に巨大ショッピングモールがあるようで、車内は若い子たちに占められていた。

彼ら、彼女らの目に、私はどのように映っているだろう。そう考え、すぐに首を横に振る。誰も、私の方など見ていない。視線はスマートフォンに向けられ、時折、顔を上げては、そこで仕入れた話題を披露する。

どうやら、若い世代に人気のタレントが自殺したらしい。ネット上の誹謗《ひぼう》中傷に悩んでいた、そんな声も聞こえてきた。芸能界に疎い私は、どうせ自分は知らない人だろうと決めてかかっていたが、「まこるんるん」という名には覚えがあった。

——先生、まこるんるんが今度、蝶々をモチーフにした服のブランドを立ち上げるそうですよ。

研究室の学生にそんなことを言われたものの、蝶柄の服を着たいと思ったことはない。ネクタイで充分だった。

目的の駅に降り、改札に向かっていると、新聞の号外のようなものを手にした女子高生の二人組とすれ違った。はしゃいだ様子で、「ヤバい」と「エモい」を繰り返していた。

サラリーマン風の男性も同じ紙を手にしていた。何か事件でも起きたのか。

私もそれを手に入れるために、改札に急いだ。抜けると、夏の制服を着た学生、ダイが紙の束を片手に持ち一枚ずつ配っていた。手当たり次第、ではなく、その紙を求める人たちの行列が彼の前にできていた。

私も最後尾についた。すると、私の前にいた品の良さそうな老婦人が振り返った。

「ビーダブルさんの絵、あなたもお好きなの？」

絵？　と聞き返したが、婦人は、え？　と捉えたようで、同じ台詞をもう一度繰り返してくれた。

「あの子の絵のファンなのですか？」

現状を把握しきれていない私は、質問に質問で返してしまった。しかし、老婦人は笑って「ビーダブルの絵」の説明をしてくれた。

時事ネタを絵のみで表現し、新聞の号外のような形で週に一度、この場所で配布しているのだという。風刺画のようなものだろうか、と考えた。

ビーダブルは絵を配っている少年ではない。あの体格のいい少年は、体が弱くて外に出られない親友が描いた絵を、代わりに配ってあげているのだ、と。

「彼は絵を描くようには見えないものねぇ。でも、正義感に溢れる実直な少年って雰囲気で、私は彼のファンでもあるの」

そんな話をしているうちに順番がまわってきて、老婦人は顔を赤らめながら絵を受け取ると、応援していますよ、とダイに微笑んだ。

ダイは頭を下げて元気よく礼を言った。

私も絵をもらった。イタルに聞いたんですか？　と訊かれ、偶然この近くで用があってね、と、はぐらかすように絵に視線を落とした。イタルとダイの話はしたことがない。

黒いペン一色で細かく描かれた、ペンアートと呼ばれるものだった。

リボンやキャンディの模様が入った蝶の翅をまとった中性的な人物が蜘蛛《くも》の巣にかかり、泣き笑いの表情を浮かべている。蜘蛛の巣の網目は、一つずつが人の顔になっており、怒ったものや、嘲《あざけ》り笑うようなもので埋められている。絵を引きで見ると、スマートフォンの縁が描かれ、ネットの中の世界を描いたものだとわかった。

「これは、まこるんるんのことを描いているんだね」

そう言うと、ダイの目が輝いた。褒められたことを心から喜ぶ少年らしい笑顔に、疑ってかかるような思いを抱いたことを恥じた。

彼の画材は、ペン一つで充分だったのだ。

緻密《ちみつ》な線の集まりは、ただの風刺画ではなく、アートに昇華し、見る者の心を動かす作品となっている。「怒り顔」ひとつとっても、どれも同じではない。目尻《めじり》や口角の角度、歪み。人は他人を貶《おとし》める際、こんな醜い顔になるのか、と、つい、自分の頬に触れてしまう。この少年の目には、私の顔はどのように映っているのか。

企《たくら》みを見抜かれているのではないか。時間をかけるのは危険だ。

しかし、ダイは私の心配などまったく気付いていない様子で、まるで面接官に話すように絵に対する思いを語り始めた。

「榊先生に僕の絵を理解してもらえるなんて光栄です。僕は、絵だけの新聞を作りたいんです。いじめとか、いじりとか、いたずらとか、からかいとか、人の命を奪うことに繋がる行為なのに、文字になると深刻さがまるで伝わらない。誹謗中傷だって。悪気はなかったって言うヤツは、バカだから、本当に悪気はなかったんだと思う。だけど、行為の重さはその言葉じゃ片付かない。自分が悪気なく、いかに悪いことをやったかがひと目でわかる、そんな作品を描きたいんです」

「頭の悪い連中は、自分にとって都合の悪いことはすぐに察して、目も耳も閉じてしまうからね。おしゃれなアート作品だと目を引き付けさせて、その中に自分の姿をみつけて、戒めとする。大人が先導しなければならないことなのに、すばらしい行為だ。しかも、作品をネット上で披露するのではなく、手渡しをしている。でも、さっきのご婦人はきみが親友の代わりに配っているって言ってたな」

「僕の一〇〇パーセント体育会系の見た目がアートと結びつかないみたいで、勝手に誰かがそういう設定にしたことが、そのまま事実みたいに広がっていきました。その偏見にもいつか驚かせたいから、自分で訂正はしないんです」

腹痛でも起こしたかのように、顔を歪めて笑うしかなかった。

「留美先生にも、初めてここで絵を渡した時、これを描いた子を紹介してくれないかしら？　って言われて。びっくりされました。あなたが描いたの？　って訊くべきだった、なんて謝ってまでくれて。色を使わない絵を描く僕を、教室に入れてくれたんです」

たとえ相手が子どもでも、その場ですぐに謝ることができた留美ちゃんを、私も見倣うことにした。この後、誘い出すためにではない。

人として、正しくありたい。いや、寝言はよそう。誘い出すためだ。

「実は私も勘違いしていたよ、すまなかった」

「榊先生は僕が描いたことを前提に話しかけてくれたような気がしたけど……。まあ、いいか。僕、今回の絵を描いて、人間と蝶って親和性が高いことに気付いたんです。だから、先生、蝶のことをもっと教えてください」

まっすぐな視線を受け、ダイを標本にするのは、彼が描いた蝶をいくつか見た後でもいいのではないかという思いが湧いてきた。

ビーダブルという名前は、ブラックとホワイトの頭文字を取ったのだという。白と黒の二色で、蝶の特性をどう表現するのか。彼の描く線により、新しい発見があるかもしれない。

だが、半日とたたないうちにその思いは消えた。

彼の絵の反響（人生観が変わった、といった良いコメントで溢れていると思っていたのだ）を知るために、「ビーダブル」を検索したが、コメント数自体が少なく、たいした内容は見当たらなかった。

しかし、「黒岩大」は……。女を使い捨てる。性欲の塊。生理が来ないと伝えたら、腹を殴られ、これでオッケー？　だって。悪魔、鬼畜、人間のクズ。

事実ではないのかもしれない。ダイにフラれた女の子が作り話を書いているのかもしれない。さもなければ、警察案件ではないか。

それでも、この本性を隠すために、正義漢ぶった行為をしている、などとも考えてしまう。もしくは、衝動的な悪意を抑えることを放棄した上での自我のバランスを保つための行為。

絵を利用して。芸術を利用して。

蝶を利用して。彼の描く蝶はきっと醜いはずだ。

ならば、彼自身がとっとと美しい標本になればいい。

【作品6　マエモンジャコウアゲハ／クロアゲハ】

＊マエモンジャコウアゲハ

アゲハチョウ科ジャコウアゲハ属
前翅長　60～75㎜
中南米・新熱帯区

中米から南米にかけてのみ生息しており、毒を有するため、他のアゲハチョウやシロチョウに擬態されている。

表は黒色で雄は前翅中央部が鮮やかな種が多く、後翅は薄紅色の斑紋を持つ。また、雄の後翅の内側にはアオスジアゲハなどにも見られる白い発香鱗のかたまりのある袋がある。

紋様や色彩の似通った種類が多く、特に雌は見分けがつきにくい。

＊クロアゲハ

アゲハチョウ科アゲハチョウ属

前翅長　45～70㎜
日本・本州から南西諸島

表は黒色で、裏もほぼ同様だが、前翅の色彩は表よりも淡くなり、後翅外縁には赤斑列がある。ベニモンクロアゲハと翅形が似るが、前翅の白斑の有無で容易に識別できる。

春は、アゲハチョウよりやや遅れて出現する。

幼虫は柑橘《かんきつ》類の葉を食べる。


〈作品の展示形態〉

縦二〇〇㎝×横二〇〇㎝×奥行八〇㎝の透明アクリル板（厚さ二㎝）ケースを使用。

縦一九八㎝×横一九八㎝×厚さ五㎝のカンバスに、山の家から裏山に続く途中にある花畑（夏）の絵を、アクリル絵の具を用いて、三原色に紫外色を加えた、最も色彩に満ちた蝶の目の見え方で描く。

絵をケースに入れ、背面に固定する。

標本対象者に睡眠薬を飲ませ、コルホルシンダロパートを注射器で投与。

右足付根の部分を斧で切断。

胴体、右足、両切断面を特殊加工した蜜蠟シートで処理する。

胴体をクロアゲハの特徴を出すデザインでアクリル絵の具を用いて着色する。背面、肩甲骨下辺りに赤斑列を描く。切断面を白色で塗る。

右足の太ももをマエモンジャコウアゲハの特徴で着色し、薄紅色の斑紋を描く。切断面を黒色で塗る。

胴体を絵の中央に配置し、銀色の楔で固定する（絵が破損しないように、負荷が大きくかかる部分は透明のテグスでアクリル板に固定する）。

右足はケース底面に放置したような形で置く。

右足の斑紋部にマエモンジャコウアゲハの標本を取りつける。

胴体の心臓部にクロアゲハの標本を取りつける。

ケースを閉じて完成。


〈撮影方法〉

ケースを花畑中央に立て、正面から撮影。


〈作製意図・観察日記〉

蝶のように美しい少年たちを標本にしたい。

そのような連続殺人犯は、「異常」であっても「特異」ではないはずだ。憧《あこが》れや美の追求の果てに、その時代ごとの倫理観を逸脱してしまった犯罪者はめずらしい存在ではない。

また、観衆においても、名乗り出ることはなくとも、私の作品に感銘を受け、己が気付くまいと頭の奥底に封印していた禁断の快楽の種を掘り起こしてしまう者は、両手で数えても足りないほど出てくるのではないか。

殺すのは誰でもよかった。

無差別殺人者がよく口にする言葉だ。だが、その中に加害者の大切な人が含まれていることはほとんどない。親子げんかや痴情のもつれが引き金となり無差別殺人をおこなったのに、そもそもの原因となった親や配偶者や恋人はケガすら負っていない例など、少し調べただけで溢れるほど出てくる。

それが、「通常」なのだ。

しかし、私は愛する息子まで標本に変えた。世の親たちは、私を鬼畜だと糾弾するだろうか。

少年たちの遺体を調べると、サカキイタル（榊至）のみ、他の五名より一週間ほど遅れて死んだことがわかるはずだ。作品数も五個というのは区切りがいい。

五体目が完成した時には大きなことをやりとげたという達成感を得ることもできた。溢れ出た快楽は体内に留まることはない。ただ、記憶として刻まれ、激しい波が押し寄せてくるように、再びの快楽への飢餓感が膨れ上がり、体全体を飲み込もうとする。

するとおそろしいことに、これまで蝶の姿に見えたことのなかった者たちが、その姿を変え、誘惑の鱗粉をまき散らす。

人生をかけて蝶を追ってきたが、すべての標本が手に入ったわけではない。全世界に蝶は約二万種存在するが、それだけの人数を殺せば、この欲望から解放されるのか。その前に警察に捕まり、未練を残したまま死刑の日を迎えるのか。

おそらく、精神鑑定で減刑になることはないはずだ。私が我を失った瞬間など一度たりともない。五つの標本作製はすべて計画通り。完璧《かんぺき》にやり遂げたのだから。

なのに、最後の瞬間に残った後悔が、人生そのものを否定することになりかねない。

ならば、自分で終止符を打つべきだ。これ以上のものはないという最高傑作を完成させて。

果たしてそれは誰の標本か。とっくに気付いていた。赤ん坊の時から、つきっきりではなくともその成長を目に焼き付けてきたのに、山の家から帰ってきて以来、彼の姿も蝶として私の目に映った。

どの蝶よりも美しい。何万色の色に包まれても、その姿を凛《りん》と保つことができる色。標本作りを経て気付いた至高の存在。

クロアゲハ。

それを完成させることができたら、人生に思い残すことはない。快楽の代償にふさわしい死を堂々と受け入れるだけだ。

それでも、という迷いが、私に残った最後の人間らしい感情だ。少年たちが蝶の姿に映る目を持つ私自身、人間の姿は仮でしかなくなっているのだ。

その最後に残った感情で、父親の正体が暴かれた後のイタルの人生を想像してみた。

彼の絵が、目に映ったままを正確に再現できているように、彼は線一本おろそかにすることなく、すべてを受け止めながら生きている。見知らぬ人の目の奥にわずかに滲む感情も、おそらく読み取ることができるはずだ。

そんな繊細なイタルが、父親の犯罪を受け止めることができるだろうか。世間からの誹謗中傷に耐えられるだろうか。同じ血が流れているかもしれない、と怯《おび》えることはないだろうか。

黒い蝶がぼろぼろに傷ついたまま死に、なおその肢体を汚い靴で踏まれる姿が頭の中に広がった。

こうなる前に、私の手で美しい姿のまま標本にしてやらなければ。

最高の装飾を施して。焦がれた世界を描くのだ。

すべての準備が整った夜、私たちはともに暮らしてきた家のリビングで二人きり向き合った。

「自分を蝶にたとえたら、何だと思う？」

イタルに訊ねた。

「マエモンジャコウアゲハかな」

予想していた答えと違った。

「ブラジルで初めてつかまえた、ベニモンクロアゲハじゃないのか？」

「自分をたとえるのと、好きはまた違うよ。好きなら、今はクロアゲハだし。まあ、残念ながら僕にもけっこう毒があるってこと」

「ほう、中二らしくとがってきたじゃないか。正しく成長している証拠だ」

「よく言うよ。僕が初めて道を踏み外したのは、お父さんのせいでもあるんだからね」

はて、と考え込む私の顔を見て、イタルは笑い出した。

「オレンジジュースだよ」

あれか、と思い出し、私たちは二年前の夏に訪れたブラジルでの出来事を振り返った。

蝶の採集はアマゾン川流域の町を拠点とするのだが、初めてブラジルを訪れたイタルのために、三日ほど、リオデジャネイロに滞在し、町を観光することにした。そんな中、ロープウェイで訪れた展望台でのことである。

季節が逆になるとはいえ、暑い日だった。喉《のど》が渇いた、とイタルが指さした先には、屋台が見えた。カウンター上に色とりどりの果物が並び、その横にサイズの違うプラスティックカップが三つ置いてあった。

ジューススタンドだと思い、私はイタル一人で買いに行かせることにした。治安の悪い国ではあるが、観光地であるし、五メートルくらい離れた場所で目を離さずにいればいい。

「イタルはどの果物がいい？」

答えの予測はついていた。

「オレンジ」

思った通りだった。私も喉が渇いていたが、一番小さいカップも日本のラージサイズほどの大きさで、父さんも一緒に飲んでいいか、と訊ねると、いいよ、と笑顔を返してくれた。

「じゃあ、一番大きなサイズのオレンジジュースを一つ」

そう言ってイタルに紙幣を渡すと、彼は日本にいる時よりも子どもらしく大袈裟に戦いた。

「一人で行くの？　ブラジルは危険だってお父さんが言ってたのに。しかも、ポルトガル語なんか話せないし」

「一番有名な観光地だから大丈夫。英語も通じるから勉強だと思ってがんばってみろ」

イタルはもう反論しなかった。よし、と気合いを入れて屋台に向かった。

オレンジ、ファーザー、ドリンク、などと、こちらを指さしながら店員にたどたどしい単語で伝えていた。だが、その姿も私にとってはたのもしいものだった。

あっという間に立場は逆転して、私が彼の後をついていくことになるのだろう、と。

店員がシェイカーを振っている段階で気付かなければならなかったのだが、縁にオレンジの輪切りを添えたカップの中になみなみと注がれた液体は、オレンジ果汁を炭酸で割ったものにしか見えなかった。ストローは一本しか刺さっていなかった。

左右にそれぞれおつりとカップを持った手を両方差し出したイタルに、ジュースは先に飲んでいいし、おつりも自分の財布に入れるよう促した。

イタルは満足げな表情でストローをくわえ、コインを握りしめたまま一気に吸い上げた。もともとの喉の渇きに加え、一人での買い物の緊張感でさらに喉が渇いていたのだろう。ゴクゴクと三分の一ほど飲み、そこから顔を少ししかめた。

「おいしいんだけどさ、なんかちょっと苦い味もする」

私もカップに顔を寄せて一口吸った。ちょっとどころじゃない、濃い酒の味がした。

注意深く屋台を見ると、果物の後ろに、カシャッサのボトルがあった。四〇度はあるブラジルの蒸留酒だ。それで作ったフルーツカクテル、カイピリーニャの屋台だったのか。おそらく、店員に誰が飲むのかと訊かれたのだろう。

「ヤバ、そんな強いお酒を飲んじゃったんだ。警察、呼ばれない？」

「心配するな。その程度の違法行為を取り締まる余裕なんてないはずだから」

「じゃあ、もう少し飲んじゃダメ？」

「そうだな、あと五口ならいいぞ」

よくはないが、酒が好きだった妻を思い出した。母が酒に強かったことも。何より、残った量を自分で飲み干せるか自信がなかった。酔っ払ってしまうのではない。寝てしまうのだ。もしも、私が酒で鮮やかな世界にトリップすることができる体質ならば、蝶の世界への焦がれもこれほどではなかったかもしれない。

帰国後に、イタルが酒を飲むことはなかった。

「僕さ、二十歳の誕生日に、お父さんとオレンジのカイピリーニャを飲みたいよ」

その言葉を以《もっ》てしても、標本作製の決意が揺らがなかった私の中には、すでに人間の感情が一カケラ、一滴も残っていなかったということだ。

それでも……。山の家での最後のひとときに、私はカイピリーニャを作った。そのために、シェイカーまで買って。イタルが安らかに息を引き取れるよう、酒と睡眠薬を入れたシェイカーを思い切り振った。

そして、世界一美しい標本が完成した。

〈あとがき〉

母方の祖父は私をよく博物館に連れていってくれた。

蝶に関することならば、館内の説明書きすべてを自分が理解できるまで繰り返し読み、展示品は頭の中に焼き付けるかのごとく時間をかけてさまざまな角度から眺めた。開館時間から閉館時間まで滞在することもめずらしくなかったが、祖父は黙って隣に立ってくれていた。国文学者であったが、見学の最中に、理解できたことを言葉にして言ってみろ、といった、それが大人の正しい誘導の仕方だと勘違いしている教師や保護者のようなことはしなかったし、かといって、退屈そうに、早く進もう、と促しもしなかった。

祖父から口を開くのは大概、全部回った最後に設置されている物販コーナーで、欲しいものは遠慮せずに言うんだぞ、が第一声だった。

そこで外国の蝶の標本をたくさん買ってもらった。またこんな同じような標本ばかり、無駄なものを買ってきて、などと母にため息をつかれることがわかっていても。

「無駄じゃない。私は今日、頭に『ル』がつく蝶の名を新しく三つ覚えたぞ。これでしりとりに負けない確率がまたぐっと上がった。史朗にはそのご褒美だ」

そう言って高笑いしていた祖父も三〇年以上前に亡くなったが、その時買ってもらった標本たちは、今日買ってきたと言っても通用するほど、美しい翅の色を留めている。むしろ、劣化しているのはケースの方だった。

祖父とはよくしりとりをした。私はアゲハ攻撃やシジミ攻撃をしたが、祖父はそのほとんどに蝶の名前で返してきて、おじいちゃんも博物館で覚えていたんだ、と私を感動させた。そのため、母にとっては「同じような標本ばかり」だとしても、私は一つ一つ、どれがいつどの会場で祖父に買ってもらったものか、すべて覚えていた。

人間の標本も色あせることなく飾り続けることができたら。何十年とまでは望まない。せめてひと月、展示したままにしておきたかった。留美ちゃんが回復するまで。

だが、人間の標本は時間の経過とともに朽ちていく。しっかり乾燥させればよかったのか。いや、私は剝製《はくせい》やミイラを作りたかったのではない。

一番美しい姿を標本にしたかったのだ。

だから、写真を撮った後は、ケースから標本を取り出し、蝶の標本を体の一部に飾ったまま、花畑に埋葬した。

装飾に使用した絵や木の十字架などは、山の家の裏にあった焼却炉で燃やした。アクリル板ケースと同素材の十字架は洗って倉庫に戻した。留美ちゃんが用意していたものだ。ちゃんと返しておくことが、再会への最後の願かけとなった。

手元に残っているのは、フィルム撮影した写真のみ。

スマートフォンのカメラでは撮影していない。

自宅で現像した写真を留美ちゃんに見せたかったが、それも叶わなかった。

イタルを埋めた後、自分もその場で命を絶つことを考えた。だが、それでは標本を作製した意味がない。見てもらわなければ。多くの人々に。

レポートも仕上げなければならない。

そもそも、私には花畑に埋葬される資格がない。蝶の化身ではないのだから。

少年たちは蝶となり、蝶の女王の供物となるため、蝶の王国へと旅立った。

蝶の女王は留美ちゃんで、今頃、絵画合宿の続きをおこなっているかもしれない。

そこで彼らはどんな絵を描くのか。

蝶の目を得たイタルはどんな絵を……。

ああ、叶わないとわかっていても、私も蝶になり、その輪の中に入りたい。

私は、許されるとしたらどの蝶になれるだろうか。

誰か、私を標本にしてくれないか。

了

SNSより抜粋

【ジョンとレノン@john_and_lennon】
(固定) 落第犬のジョンと落選続きの神楽坂蓮音《かぐらざかれのん》のネタ探し生活。

警察犬が活躍するミステリ小説を執筆するため、最寄りの訓練所に見学に行ったら、落第犬譲渡会なるものがあることを知った。ペットブームの昨今、犬など、そこにいてくれるだけでいい、とバカでもブサイクでも愛される幸せな生き物だと思っていたが、「落第」のレッテルを貼られた犬もいるとは。小説新人賞29連続落選中の我が身と重なり、参加だけでもしてみることにする。

賢い犬といえばゴールデンレトリバー、警察犬らしい名前といえばジョン、なのに、落第犬。他の譲渡犬の落第理由は、日常生活に支障はないが、警察犬としては嗅覚《きゆうかく》や聴力がやや低いといったものなのに、ジョンは、能力不足。おすすめコメントは、チョウチョが大好きな陽気で元気な子。小学1年生の我が子の通知表に先生から書かれたら複雑な心境になってしまう、典型的なやつじゃないか。

肩書きだけ見ると、頭が悪そうなジョンだが、オテもオカワリもオスワリもできる。無駄に吠《ほ》えたりもしない。きっと、警察犬に向いていなかっただけなのだ。自分の意思とは関係なく、ブリーダーの家に生まれ、なりたくもない職業の訓練を受けさせられ、落伍《らくご》者のレッテルを貼られたジョンは、田舎にいた頃の俺だ。両親ともに教師の子なのに、採用試験5年連続不合格。うちに来いよ、相棒。

（コメント）無職でも譲渡してもらえるのですか？　無責任だと思います。

（返信）俺は働いてないとは一度も書いていないんだが。小説家としてメシを食ってないだけ。無責任、その発言が、無責任。


ジョンを連れて初キャンプ。N県の蝶ケ原《ちょうがはら》キャンプ場にやってきた。夏休み最終日は、バンガローエリアは大学生のグループが何組かいるけど、テントエリアは俺たちの貸し切り状態。ジョンのリードもいらないな。おそろいのバンダナを巻いて、まずは、今日から3日間の城を築こう。

本日のディナーは、家で漬け込んできたジャークチキン。付け合わせは、パプリカとズッキーニ。炭火で豪快に焼いて、赤ワインと一緒にいただきます。ジョンにも味付けしていないチキンを焼いてやる。やっぱ、カリカリより本物の肉の方がうまいよな。おまえも酒が飲めたらなあ……。おや、森の方に何か見つけたか？　幽霊はご勘弁。なんだ、チョウチョじゃないか、おい、待て、ジョン！

ジョン逃走。ものすごい速さでチョウチョを追いかけ、森の中に消える。てか、夜に飛んでるのは蛾だっけ？

管理棟に捜索の相談に行くも、夜間のキャンプ場敷地外となる山中歩行は危険、と断られる。俺も当然、待機。仕方がない。ジョン、どこに行っちゃったんだ？

ジョンが心配でテントに入っても眠れない。ジョン、おまえ、もしかして警察犬の試験の最中に、チョウチョを見つけて暴走したんじゃないか？　そりゃ、落ちるわ。麻薬取引潜入捜査の途中でチョウチョが飛んでたら、全部パーになるもんな。このネタいける？

一睡もできず。まだ5時前なのに外はけっこう明るい。さっき、山の方からジョンの遠吠えのような声が聞こえた気がしたけど、空耳か。訓練を受けているだけあって、無駄に吠えないもんな。じゃあ、あの声は？　オオカミ？　ジョン、無事帰ってきてくれ。

道に迷ったかもしれないジョンが、匂いにつられて帰ってこられるように、火をおこしてベーコンを焼く。同じ網で軽くあぶった食パン2枚に挟んで食べる。うまい！

森の方からガサガサと音が聞こえた。ハウハウという息遣いらしき音も。

ジョン！　ちゃんと自力で帰ってこられたんだな。えらいぞ！　何かくわえているように見えるけど、鳥か？　焼いてくれってか？　もしや、俺への土産？

ジョンが誇らしげに俺の足元に置いたもの。泥まみれで、色的には人工物っぽいけど、俺には、本物の人の腕に見えるんだが……。

(画像) センシティブな内容のため、表示するには「こちら」をクリックしてください。

(コメント) ジョン、まさか映画『アバター』の世界に行ってきた？

【毎朝新聞オンラインニュース】

〈元警察訓練犬が山中で人の体の一部を発見〉

9月1日午前5時頃、N県にある蝶ヶ原キャンプ場に宿泊中の男性から、飼い犬が山中から人の体の一部のようなものを持って帰ってきたという通報があった。N県警の調べによると、人の右腕であることがわかり、死体遺棄の可能性を含め、現場周辺の捜索をしている。

なお、第一発見者となった犬、ジョンくん（3歳）は警察犬訓練所で訓練を受けた経験があり、今後の捜索にも協力することになったという。


【ジョンとレノン@john_and_lennon】

警察官たちを誘導するように森の中に入っていくジョン。明け方の遠吠えは、不審物発見、というジョンの合図だったのかもしれない。雄姿を見送る俺、胸熱……。

（コメント）ジョンくん、大手柄ですね。ぜひこれを小説にしてください。

（返信）キャンプ場でジョンを待ちながら構想中です。


ジョンのおかげでバズったので、1つ宣伝。「小説家をめざせ」サイトに新作をアップしました。『モヒートで乾杯』（神楽坂蓮音・著）、名探偵・神楽坂が相棒のジョンに出会う前日譚《たん》として、ぜひ。


【毎朝新聞オンラインニュース】

〈山中で未成年の男性らしき6人の遺体を発見〉

N県の蝶ヶ原キャンプ場で人体の一部が見つかり、警察署員が付近を調べたところ、キャンプ場より約500メートル離れた山中の草地から、埋められた6人の遺体が見つかった。6人は未成年の男性とみられ、いずれも着衣はなく、体全体を塗料のようなもので着色されていた。また頸《くび》や胴体が切断された遺体もあり、N県警捜査一課は6人の身元とともに、死因を自殺と殺人の両方から詳しく調べている。

【#ジョンの事件】

ジョンくんを警察犬にしてあげて！

お手柄ワンちゃんどころの事件じゃないぞ。

塗料とか、ヤバくない？　猟奇犯罪のにおいがする。

実は同じ日に友人3人とそこのキャンプ場にいました。行く途中に、キャンプ場に曲がる道を間違えて、さらに山奥、舗装されていない道を進んでいくと、けっこうきれいな別荘風の建物があって、そこでUターンしたんだけど、遺体が埋まってた場所、キャンプ場から入った山の中というよりは、そこの裏って感じなんだよね。

別荘が怪しい。

集団自殺はないんじゃね？　少なくとも最後の一人は、自分で土の中に埋まって死んだってことだろ。

ジョンの飼い主、小説家志望みたいだけど、まさか自作自演？　新人賞に落ちすぎておかしくなったとか。

めざせサイトだっけ？　ちょっとそいつの小説読んでくるわ。

神楽坂ってヤツのよりも、最新アップされた榊って人の作品の方がヤバそうなタイトルなんだが。

【毎朝新聞オンラインニュース】
〈未成年男性6人死体遺棄事件の犯人と名乗る男が出頭〉
9月3日午前7時頃、都内S警察署を訪れた男が、蝶ヶ原キャンプ場奥の山中で遺体が発見された未成年男性6人を殺害し、装飾をほどこして埋めたのは自分であると話したという。男は自らを、榊史朗（50）明慶《めいけい》大学理学部生物学科の教授だと名乗り、事件の概要を記したレポート状のものとそれに付随する写真を警察官に渡した後は、黙秘を貫いている。警察はそれらの内容を確認し、真偽を調べている。

〈被害者の一人は容疑者の子〉

N県にある蝶ヶ原キャンプ場付近の山中で発見された少年6人の身元が判明。遺族の意向に沿って5人の名前や年齢は公表されていないが、被害者の一人である榊至《いたる》さん（14）は榊史朗（50）容疑者の子であることがわかった。警察は容疑者と被害少年たちの関係などをさらに詳しく調べている。

【＃人間標本】

『人間標本』読んだ。ホンモノの手記なら、作者（というか犯人）ガチキ○ガ○。息子まで殺すとかありえん。

今から『人間標本』読むヤツ、本文から読んで大丈夫だったヤツだけ写真見ろ。写真から見て毎晩うなされている俺からの本気の忠告。

これ被害者、実名なん？　ニュースじゃ名前隠してるのに、意味ないじゃん。放火殺人とかクスリとか悪いことしてたのもバラされてるし。

被害者全員、多分実名。同姓同名の同級生、二学期から学校来てない。先生たちの様子がなんかおかしいと思ってたら、まさかチョウチョにされてたとは。そりゃあ、ホームルームでも言えんよな。

標本になっても美しい。ナマで拝ませていただきたかった。

壁画の上からウンコの絵描いたヤツも、まさかこんな事件が起きるとは夢にも思ってなかったんだろうな。役場もこういう時こそ早く消してやれよ。

ロックスターってＭＡＫＩＹＡ様？　隠し子いたってこと？　信じたくない。でも、動画の子、ＭＡＫＩＹＡ様っぽい。祝、再生回数一〇〇万超え。

せっかく親子心中から生還したのに、合掌。

絵画新聞まこるんるんの回（美品）、ヤッホーオークションで現在10万円。締め切りまであと10日。即決価格は50万円。

リアルに追いつく小説なし。そのへんの鬱《うつ》小説とは格が違う。頭痛と吐き気をこらえて一晩で読了。メンタル壊してでも読む価値あり。削除される前に読んどけ。

『人間標本』はお手柄ジョンくんのドヤ顔写真見て心を落ち着けるまでがセット。

「小説家をめざせ」サイト鯖堕《さばお》ち。『人間標本』書籍化もとむ。

普段は書店で売っている紙の本しか読みませんが、孫に教えられて『人間標本』をパソコンで読みました。猟奇的な連続殺人事件は昔からありましたが、動機は「貧困」や「怨恨《えんこん》」といった、同情はできないまでも、自分も犯人と同じ立場だったら、と想像することができるものだったと思います。しかし、昨今の「人を殺してみたかったから」といった個人の欲望や顕示欲に拠《よ》る動機はまったく理解できません。

(続き)

この話は「芸術作品を完成させる」といった一般人の思考では理解しがたい異常な欲望のうえ、我が子まで手にかけています。創作であってもおそろしかったのに、テレビで話題になっている連続殺人事件の犯人の手記だと知り、気を失いそうになりました。今でもこれがフィクションであってほしいと願っています。

『人間標本』は令和の『地獄変』となり得るか。

ふざけるな。犯罪者が自己陶酔しながら書いた『人間標本』など、ただのナルシストのオナニー本。変態露出狂オヤジが局部さらして喜んでるのと同レベル。芥川《あくたがわ》に謝れ。

【#榊史朗、#榊教授　#蝶博士　#チョウチョ博士】

榊教授、ゼミでお世話になったけど、蝶博士っていうよりは、「チョウチョ大好き天然おじさん」って感じの人で、私は好きだったんだけどな。卒業記念にゼミ生一人ずつに蝶の標本をプレゼントしてくれたけど、それって、当時から学生を蝶にたとえてたってこと？　ちょっとこわいかも。

（コメント）何の蝶でしたか？

（返信）私はサツマシジミでした。

（コメント）紫色のかわいい蝶ですよね。何事もなくてよかった。

（返信）教授が覚醒《かくせい》する前で命拾いしました。

（コメント）鹿児島県出身？

（返信）そうですが。

普段、犯人を知る人のインタビューを見ていたら、「まさかあの人が」って驚いてるパターンが多いけど、榊教授に関しては「やってもおかしくないな」とか思ってしまった。でも、大学の外でインタビュー受けた時は「まさかあのマジメで優しい先生が、信じられません」って言っちゃったから、他の事件の場合も同じなのかもしれない。やらかしそうな人は気配で感じるものがあるよね。

俺がゼミ生の時は、榊先生、蝶の話をする時と同じくらい目を輝かせて息子自慢してたのに。研究室の机の上に、どこか外国に息子も連れていった時のツーショット写真も飾ってたし。親子で何かあったとか？　でも、憎くて殺したわけじゃないのか。

うちの息子、小1の時、地元の公民館が主催する「チョウチョ博士・榊史朗の標本教室」に参加したことがあんのよ。以来、チョウチョつかまえたら指でおなかつぶして持って帰るようになって。ドン引きしたけど、エライ大学の先生に教えてもらったことだからと放置してたら、高校生になった今でも時々、ズボンのポケットにチョウチョが入ってて（泣）。事件のこと知って、息子もああなってしまったらとあせってる。

（コメント）息子さんに『人間標本』読ませてみては？

（返信）逆に、ヘンな趣味に目覚めたらと思うと怖くて。

小3の息子がテレビに映った榊容疑者の写真見て、「チョウチョ博士だ！」って叫んだ時は、気絶しそうになっちゃった。公園で虫取りしてる時に会って、いろいろ教えてもらったんだとか。どうしてテレビに出てるの？　って聞かれて、何て答えたらいい？

（コメント）作ってはならない標本を作ってしまったんだよ、とか。

（コメント）殺人犯って答えればいいだけ。知らないおじさんから虫取りに誘われても、今度からはついて行っちゃいけないよって、こういう時にちゃんと子どもに教えておいた方がいい。

（返信）ありがとうございます。息子に危害を加えられなくてよかったと、今さらながら胸をなで下ろしてます。

「人間の標本を作りたい」の元祖発言者は榊史朗の父親で画家の榊一朗。当時もっと徹底的に叩《たた》かれていれば史朗も恐れをなして、幼いうちに悪の芽を摘み取ることもできたかもしれないが、ネットのない時代だったから仕方がない。とはいえ、榊家の血は途絶えたことになるため、息子を殺したのはある意味正しい判断だったと言えよう。

不謹慎かもしれないが、息子の標本の背景に使った絵に感銘を受けた。榊史朗が学者ではなく絵の道に進んでいれば、榊一朗や一之瀬留美をしのぐ画家になっていたのではないだろうか。ぜひ、死刑の日まで絵を描き続けていただきたい。売りに出たら買うので。

榊教授の現役ゼミ生です。実は夏休み前に先生が「休み明けにみんなにすごいものを見せられるかも」と言ってたのですが、それが『人間標本』だったのかと思うと、この先、誰を信じて生きて行けばいいのかわかりません。「楽しみにしています」と言った私も、何か罪に問われるのでしょうか。

（コメント）大丈夫、あなたも被害者です。

（コメント）表情をしっかり見ていれば、榊容疑者がおかしいことに気付いて、「すごいものって何ですか？」などと計画を聞き出し、犯罪を防げていたかもしれない。あなたを責めているわけではありませんよ。


【ヤッホーコメント専門家の意見　精神科医・前田《まえだ》コウセイ】

インターネットが飛躍的な発展を遂げ、並外れた想像力を持たない人たちが、自分の見たいものだけが存在する世界を、仮想空間内に作ることが容易になった。それを一度作り上げると、パソコンやVRゴーグルを使用せずとも、己の頭の中にその世界を再現できるようになる。むしろ、そのような道具が邪魔に思えるほどに、脳内映像を簡単にすばやく切り替えることもできる。最初は自分で操作していたスイッチもオート仕様になり、切り替えた意識のないまま、夢の世界の方が現実であると認識し、いつしかその境界線は消えてしまう。

榊容疑者は蝶の世界と現実世界の区別がつかなくなる解離性障害に罹《かか》っていたのではないか。その症状に気付く人間が周囲にいなかったことが、猟奇的連続殺人という悲劇を引きおこす一因となったとも考えられる。


【社会学者マエダ恵麻《えま》のnote】

〈『人間標本』事件についての一考察〉

十代前半の少年6人が殺害され、体に蝶の翅《はね》の模様などの装飾をほどこされたうえ、その無残な姿の写真を世間にさらされた、通称『人間標本』事件。

事件発覚からひと月経過しても、テレビや新聞の連日の過熱報道はもちろん、ネット上ではさらなる盛り上がりを見せている。

溢《あふ》れかえる、真偽の定かでない情報や個人の感想に、満腹で胃もたれしそうになった筆者は、数日間、情報機器から遠ざかり、気分転換として外の空気を吸うために町にでたのだが、電車やバス、レストランやカフェ、上映前の映画館や試合終了後のスポーツバーでさえも、事件について話す人たちの声が耳に入ってきた。

年齢や性別の偏りなく、老若男女のさまざまな声が。

無責任な発言が許される匿名の場だけでなく、知り合い同士が顔を合わせて語りたい。この事件のどの要素が、人々の興味をこれほどに引き付けるのか。

語りたい気持ちを駆り立てるのか。

まずは、鮮やかな装飾をほどこされた遺体。それを写真で提示されたことによる、異様性や残虐性。

通常、殺人事件の遺体など、裁判員に選ばれでもしない限り、事件に無縁の一般人が見ることはほとんどない。文字で得た情報を自分の頭の中で再現するのみだ。その場合、いかに残虐な殺され方をしていても、自分が許容できる範囲の残虐さで構成されていく。異臭や大量出血といっても、人それぞれが思う臭さや血の量は違うであろうし、想像したことにより吐き気をもよおしたとしても、嘔吐《おうと》までには至らない。

脳が自然と防衛反応をおこなっているからだ。

しかし、写真や映像は防衛反応が働く前に全体像を一気に突きつける。個々の脳に忖度《そんたく》はしてくれない。そうやって許容範囲を超えてしまったものを受け止めてしまった場合、多くの人は、その溢れてしまったものを、誰かと共有しなければ、処理することができなくなるのだ。だから語る。

語りの声が広がれば、好奇心、または、協調性といった作用が、まだ見ていない人たちに広がり、そして、さらに拡大する。

次に、犯人を名乗る人物（後に容疑者として送検）の手記があること。

殺人犯の手記はめずらしいものではない。被害者遺族への配慮や模倣犯罪抑止の観点などから、刊行時には物議が醸され、不買運動なども起きるが、刊行を禁じる法律などはできていない。だが、これまでと今回では明らかな違いがある。

大抵の手記は、犯人が逮捕され、裁判で刑が確定した後（まれに裁判中）、獄中で（もしくは出所後）書いたものが出版社から刊行されるのに対し、今回は、容疑者が逮捕前に、誰もが無料で読める小説サイトにアップした後、出頭しているのだ。

すなわち、これまでの事件はどんなに真相を知りたくとも、マスコミから発信される情報を待たなければならなかったが、今回は、手記の真偽はともかくとして、事細かな経緯を、それらを通さずに一気に知ることができるということだ。

規制も何もあったものでなく、個人情報も満載。

犯人の異常性を気味悪がるのもよし、自己陶酔の様子を揶揄《やゆ》するのもよし、美しい少年たちを語るのもよし、芸術論をかわすのもよし、まさに、ネタのオンパレードで、この事件について語るなと言う方に無理がある。

それでも、ここまであげた二つの要素は、すべて他人事《ひとごと》として事件を捉《とら》えられるものだ。本を読まずともネットでひとさらいして、自分の意見を語れば満足でき、一人で風呂《ふろ》に入っても、寝床についても、思いを馳《は》せることはない。

いや違う。自分は語るのではなく話し合いたいのだ。信頼している相手がどう感じたか知りたいのだ。事件のことを考えると、胸の奥にざらりとした感覚を覚えるのだ。

そう感じる人たちの感情の要因となっているのは、被害者少年の一人が容疑者の息子、すなわち、この事件が「親の子殺し」であることではないか。

装飾よりも、手記よりも、「親が我が子を手にかけた」その理由が、虐待や育児放棄、子の非行、仲違《なかたが》い、そういった多少なりとも想像できるものではなく、「芸術のため」という、常人にとっては意味不明な動機により、一見、答えが提示されている問題に対して、その答えに首をかしげざるをえず、顔の見えない相手ではなく、他の感情も共有できている相手と、その問いを一緒に考え、答えの裏にある真の問題、本当の答えを導き出して納得したいのではないか。

私はこの事件における真の問題は「子は親の所有物である」という、古来より日本人に根付いた思想であると提起したい。

たとえば、あなたが裁判員だったとして（実際に、裁判員がこのような選択をすることはないが）次のような判断を下さなければならなくなった場合、どうするだろう。

Aという人物は自分の子どもを殺した。Bという人物は他人の子どもを殺した。

一方を死刑、もう一方を無期懲役、と必ず選ばなければならない。

多くの人は、Aを無期懲役、Bを死刑、とするのではないだろうか。

自分の子どもと余所様《よそ》の子ども、どちらを殺すことがより罪深いか。判断基準をそこに置く人は子どもを「所有物」と頭の中で変換しているのだ。余所様の子どもの場合もである。「殺す」を「壊す」に置き換えて、コーヒーカップなどでイメージし、どちらが罪深いか考えた結果をそのまま当てはめる。

その感覚がいかにおそろしいものであるかを考えもせずに。

同様に、「子ども」を「配偶者」と置き換える社会も、日本では今なお根強く成り立っている。婚姻関係を結べば、家に入れば、所有者はいかように扱ってもいい、タダ働きさせて当然、という考え方だ。

親子関係、婚姻関係、家族関係、この「関係」は「所有」でも「支配」でもない。

集団の中で生きていようと、人間は「個」であり、その尊厳は等しく守られなければならないのだ。

このような発言をすると、筆者のみ半世紀前の日本に生きているような扱いを受けることが多い。確かに、「支配」は緩和されているのかもしれない。だが、「子の所有物化」は半世紀前より酷《ひど》くなっているのではないか。もちろんここで言いたいのは、決して、政略結婚などのことではない。

たとえば、親が自分の好みで買ってきた服を子どもに着させる。進路を決める。就職先や結婚相手のことにまで口を出す。子どもの幸せを考えて、という「幸せ」の基準も「親として」の大義名分をかかげた自分の理想の押しつけだということに気付きもせず。

もちろん、「子どもの判断」が間違ったものであれば、親は保護者としての責任を持って正しい方向に導かなければならない。しかし、「子どもの判断」を抜きに、親が「子どものための判断」をする例がいかに多いか。または、親の判断を「NOの選択肢を与えず」突きつけ、子どもが判断したかのように勘違いしている例が。

こと「命」に関しては、それを終わらせることを子本人が判断しても、親は、いや、他者は、人間は、社会は遂行してはならないのだ。本人にすらその権利（だけ）はない。

ならば、蝶の世界はそれが許されるのだろうか。

もしかすると、子を殺す習性を持った蝶の種があり、その蝶にとっては「親の子殺し」が必然性に則《のっと》った行為だという場合もあるのか。その必然性とは何か。人間に通じるものがあるのか。蝶の博士が知る、親が子を殺すことの必然性……。

筆者は、榊容疑者の著書や論文、手に入るものすべてに目を通した。

結論から言うと、そのような種の蝶は存在しない。探せばいるのかもしれないが、少なくとも、榊容疑者の書物の中には出てこない。研究対象となっていないから、ということはないだろう。調べる前に気付くべきだったが、そのような蝶がいれば、手記の中で一番にその蝶の例を持ち出し、自分がその蝶になったかのような錯覚を起こしながら子どもを手にかける描写が出てくるはずなのだから。

蝶の世界にあこがれ、蝶の標本を作るがごとく人間の標本なるおぞましいものを作製した容疑者に、「蝶としての判断」がよぎることはなかったのか。

——息子はおまえの所有物じゃない。

博士であっても蝶からそんなささやき声が聞き取れなかったのは、蝶にその概念がないからで、榊容疑者の手記のみを判断材料に、蝶の世界と人間の世界の区別がつかなくなっていたという精神疾患を示唆する考察は、無責任な発言が許されるインターネット上においても、控えるべきではないだろうか。

この事件の根底にあるのは、特殊な性癖ではない。悲劇につながる親と子のボタンの掛け違いがきっとどこかにあったはずだ。

(コメント)結局「毒親」問題にしたいのですね。

(コメント)夫婦での意見交換は家でやれば？　ペテン師夫婦って呼ばれてるよ。

夏休み自由研究

「人間標本」

2年B組13番　榊至

〈まえがき〉

人間には平等に神様から一つギフトが与えられている。

このたびの研究は、大人が安易に子どもに口にしがちなこの一文が根底となっていることを、先に記しておきます。

僕は美術、特に絵画が得意だと自分では思っていました。3歳になる前から通い始めたアメリカ式幼児教育の教室で、音楽や美術、スポーツなどの適性検査を受けた結果、個人の資質としてだけでなく、他の同年代の子と比べても抜きんでているという評価をもらいました。

僕は視覚で捉《とら》えた映像を、頭の中で写真のように残し、それを正確に紙の上に描くことができます。着色においても、絵の具の種類にもよりますが、実物に近い色を再現し、光や影も一ミリのずれなく表現することができます。

そのため、僕の絵画作品はよく「写真のようだ」と褒められます。最初はそれが嬉《うれ》しかったけれど、年齢が上がるにつれて疑問を抱くようになりました。

ならば、写真でいいんじゃないか、と。

写真がない時代は、絵画は芸術としての役割だけでなく、記録や資料といった実用的な面でも重宝されたけれど、現代では、「写真のような絵画」は画家の技量を示すためだけのものになっているのではないかと思います。

そのうえ、絵を一枚仕上げるのには何時間、何十時間とかけなければならないけれど、写真は数秒で事足りる。連写して、一番良い物を選ぶことができる。表情の変化や動作、太陽や星の動き、水の流れる様を、秒単位で切り取り、それらを並べることによって、記録が芸術へと変化する。

他者のギフトを目に見える芸術として表し、それを持たない者たちに提示することができる。

ということは、写真を上手《うま》く撮れた方がいいのではないか。動画も同じような働きをするかもしれないけれど、芸術とは、煌《きらめ》く瞬間を形に捉えたものだと僕は考えるので、中学生になって写真部に入りました。

もったいない、と先生方を中心とした周囲の大人から残念がられましたが、上手く撮れた写真を僕は絵に描くことができるので、その短絡的な発想自体が途中経過に対するものだと思い、考えを改めることはしませんでした。

何よりも、一番身近にいる大人である父は、僕の決断を尊重し、自身が子どもの頃にプレゼントされたという貴重なカメラを僕に譲ってくれたので、その期待に応《こた》えたいという気持ちが強まりました。

とはいえ、僕はそのカメラを使って何を撮ればいいのかわかりませんでした。描画の技術力を褒められても、構図が評価されたことはなかったことに気付きました。

僕は何を形に残したいのか。芸術作品として表現したいのか。

人間の喜怒哀楽の表情、美しい風景、花、生き物、日本の四季、文化、外国の街並み、旅の思い出……。

小学6年生の時、父と訪れたブラジル、リオデジャネイロの風景画で大きな賞はもらったけれど、僕は実際にスラム街を訪れ、そこで生活している人たちの姿を見たわけではありません。一本ずつ丁寧に描いた電線が、主要な電線から不法に引いているものだとも知らず、ただ、そこにあったものを描いただけなのに、スラム街の現実を描いている、と評価を受けたのです。

では、これを受けて、貧困の実態を世間に知らしめるような作品を、とは考えません。僕の中にはそういった正義感はありません。

目に見えないもの、もしくは、見えているのに気付かれないものを形にしたい。神様から与えられた絵の才能を生かした僕だけが撮れる写真。僕が焦がれるもの……。

人それぞれに与えられたギフトを芸術作品として表現したい。

そう考えて、僕は気付きました。自分がその作品に囲まれて生きていることに。

僕の父は生物学者で、別名「蝶《ちょう》博士」とも呼ばれています。蝶の見た目の美しさだけでなく、その特性に子どもの頃から魅了された父は、世界中を飛び回り、蝶を採集してはそれらを標本にし、家じゅうに（良く言えば）飾っています。

僕の目には同じように見える標本も、父にとっては一つ一つ物語があり、僕は留守番をさせられることが多かったけれど、そのエピソードを聞くと、一緒に旅をした気分になれ、寂しさを感じるよりも、次の冒険譚《たん》を楽しみに待つようになりました。

我が家の標本たちは、父のギフトを形にしたものだったのだ。

正解は見えないけれど、大きなヒントを得たと感じました。

そんな頃です、僕が絵画教室の合宿に誘われたのは。


〈きっかけ〉

一之瀬留美さんという画家を僕はよく知りませんでした。

絵画教室の先生が僕の絵の写真を撮りながら、「留美先生にお見せしないと」と、よく言っていたことは憶《おぼ》えているけれど、僕はその人を、画家ではなく、幼児教育の専門家だと想像していました。

僕の祖父は画家です。それは知っていたものの、「おじいちゃんのような画家に」といったことを言われたことがなかったため、無名の画家だったのだろうと解釈していました。少し悔しい思いもありました。

小学6年時の絵画コンクールの表彰式には父が付いてきてくれました。父は隠していたつもりだろうけれど、気乗りしていないことは、雰囲気でわかりました。審査委員の画家の人たちと、無名だった父親のことが話題にのぼるのがイヤなのかもしれない、と思いました。

会場でも父は居心地が悪そうでした。表彰式が始まる前に、審査委員長という人が僕と父のところにやってきた時も、必要以上に肩に力がこもったように見えました。日本のゴッホと呼ばれる（僕はその日初めて知りました）人は、僕を見て、「榊一朗画伯に似ている」と言いました。僕はそれまで外見は母親似だと言われていたので、驚きました。

父はあまり嬉しそうではありませんでした。しかし、その人は父の表情などおかまいなしにこのような言葉を続けました。

「きみのお父上とは自他ともに認めるライバルでね、親友でもあった。なのに、あの騒動の際には何の力にもなれず、申し訳なく思っている。一之瀬佐和子さんのお別れの会に出席した時、一朗の描いた佐和子さんの肖像画を見て、彼の言う『人間標本』とはこういうことだったのか、と私だけでなく、あの会場にいた画家全員が感銘を受けたはずなのに。彼の急な死も受けて、誤解を覆すことができなかった」

父はその話を「過去のことですから」と受け流し、祖父の話はそこで終わりましたが、僕の頭の中には「人間標本」という言葉が強く残りました。

後日、インターネット検索すると、祖父は大切な式典の場で「人間の標本を作りたい」と発言し、画壇から追放されるかたちになったことが、少ない情報からわかりました。

おそろしい言葉である「人間標本」。それを、こういうことだったのか、と著名な画家に感銘を与えた「佐和子さんの肖像画」を僕は見てみたいと思いました。しかし、ネット上で一之瀬佐和子さんの作品は何点か見つかりましたが、佐和子さんの肖像画やそれが保管されている場所を知ることはできませんでした。

父に聞くこともできませんでした。その話をすると、僕の絵が受賞したこと自体を残念がられそうな気がしたからです。父は僕がリオデジャネイロの絵を描いたことはとても喜んでくれたので。楽しい思い出が詰まった場所を台無しにしたくはありません。

ところが、今年の六月、父から思いもよらない提案があったのです。

「父さんの友人で、一之瀬留美さんという画家が、夏休みに絵画教室合宿を開くらしいんだが、おまえも参加しないか。なんと、場所は父さんが昔住んでいた山の中にある家なんだ」

情報量が多すぎてどこから整理すればいいのか。

父に画家の知り合いがいることに驚きました。しかも、友人。そういった人に僕は会ったことがありませんでした。

次に、一之瀬留美という名前。記憶の中の「留美先生」と表彰式での「一之瀬佐和子さん」が結びつき、身内の方だろうか、もしかすると肖像画のことが聞けるかもしれない、と期待が高まりました。

そして、父が昔住んでいた家。まだ小学校に上がる前に、父に蝶好きになった理由をたずねた際、「おまえくらいの頃、蝶がたくさん見られる山の家に住んでいたんだ」と言われたことのある、僕にとってはおとぎ話感覚の憧《あこが》れの家。行ってみたい、と伝えたら、もうなくなってるんじゃないかな、と言われたのに。

父は、僕を絵画教室の合宿に参加させることより、単純にその家がまだあることを喜んでいて、行ってみたいと強く思っていることがわかりました。

そして、僕は合宿に参加する決意をしました。

返事をした時は、他の参加者より絵の実力が劣っていたらどうしよう、という不安はまったく抱かなかったのに……。「一之瀬留美」をインターネット検索し、その作品を見た途端、震えが込み上げてきました。

色彩の魔術師と呼ばれ、世界中で評価されてきた留美さん（合宿参加前なので「さん」付けにしています）の絵は、僕の見たこともない色で描かれていました。正確に言うと、絵に用いられた一色ずつの色は知っているけれど、僕の見たことある物が僕の目には映らない色で溢《あふ》れているのです。

リンゴは赤い。しかし、その赤が一つのリンゴに何十種類も見られるのです。僕が「すべて違う色で」という課題を与えられた一万枚のリンゴの絵を描くことになり、精密さからかけ離れて冒険してみても、思いつくことはできない配色。

ランダムに配色されたのではない、世の中がこう見えたら人生は何倍も楽しくなりそうだな、と心が躍る色使い。

――四原色の目は神様からのギフト。

アメリカの雑誌のインタビュー記事にそう書いてありました。

目に映ったものを精密に再現できることが、いかにつまらないことであるか。留美さんの作品を見れば見るほど、僕の中に敗北感が膨れ上がっていきました。絵とは一歩距離を置いた、達観したかのような考え方は、いつか出会う本物に魂を木っ端みじんにされないようにする予防壁だったのだと、ぼろぼろになった目に見えない壁の残骸《ざんがい》を両手で握りしめながら、自らの手に痛みを感じました。

僕の絵の技術など、才能でも、ギフトでもない。

同時に、他の参加者が気になりました。父が言うには、全員が僕と同学年らしく、その人たちはどんな絵を描くのだろう、と。留美さんには敵《かな》わないけれど、同年代の子と切磋琢磨《せっさたくま》するなら、まだ自分で気付けていない個性を見いだせるのではないか。

そんな期待を抱いたのは、僕が描いたリオデジャネイロの絵を見て留美さんが声をかけてくれた、と父から教えられたからです。目に映るものしか描けない僕を、その向こうに連れていってくれようとしているのではないか。

その予想は思いがけないことで裏切られ、しかし、おかげで僕は自分で気付くことができたのです。

〈山の家にて〉

山の家はN県の蝶ヶ原キャンプ場付近にあり、自宅からは父の運転する自動車で2時間ほどで到着しました。

合宿に参加する僕以外のメンバーは5人で、キャンプ場で待ち合わせることになりました。

全員、モデルとして参加するのかと思うほどきれいな顔をしていて、なんとなく留美さんがプロデュースするアイドル5人組というイメージを持ちました。見た目だけでも、それぞれ個性的なのに、一人一人がどんな絵を描くのか、ますます興味が深まります。

しかし、家に到着した途端、彼らがモデルではないことがはっきりしました。留美先生（ここから）の娘、杏奈さんはすべてのパーツが一番美しいと定義される比率で構成されている人だったからです。人間は日常生活を送る中で、利き手やくせが影響し、少なからず歪《ゆが》みが生じ、左右のバランス等が崩れるものですが、少なくとも僕の目は、その歪みを感知することはできませんでした。

参加者5名は、杏奈さんとすでに面識があったようで、初対面の僕だけが彼女をじっと見ていると思われないよう、それぞれの人たちに等分に視線を向けるという、逆に怪しい行動をとっていたのではないかと思います。

だからこそ、留美先生が衝撃的な発表をした際の5人全員の顔を、僕は鮮明に頭の中に焼き付けることができました。その発表とは……。

合宿中に完成させた作品で、色彩の魔術師・一之瀬留美の後継者が選ばれる。

山の家に到着して一番に驚いたことは、杏奈さんの美しさではありません。ネットで見た留美先生の近影は、その作風に負けないほど快活でエネルギーがみなぎっている、全身から輝きを発しているような姿だったのに、直接会った本人からは、その輝きがまったく感じられなかったことです。

蝶博士の父になぞらえてたとえるなら、光り輝く玉虫色のさなぎから、普通のモンシロチョウが出てきたような、そんな印象を受けました。体の具合がよくないのだろうと、初対面の中学生でも察することはでき、留美先生以外についても、外見の印象を口に出すのを控えておこうと思いました。

しかし、留美先生は外見の印象ははかなげでも、話すことは絵の印象通り明るく、おもしろく、「平凡なアゲハから、何がどうなってこんな素敵な蝶が生まれたのかしら」と父をからかい、父は父で「どうして僕はアゲハって決まってるんだ?」と、おかしな返答をしていました。2人は本当に「友だち」なんだな、と、うらやましくもなりました。

画家と学者を結び付けているものは何なのだろう、とも。

それはさておき、あまり健康そうでない人からの「後継者」という言葉は、留美先生から絵を習っていない僕でも、ズシンと響くものがありました。

留美先生は「死」という言葉は口にしませんでしたが、自分に残された時間で、伝えられる技術、発想、そして「魔術師の目」をその一人に託すつもりだと説明してくれました。

あの色の秘密を伝授してもらえる。ヒントを得られるかもしれないと期待はしながらも、友人の息子ということで特別に招待されたのだろうと、5人と競うことを想定していなかったのに、僕はその権利を勝ち得たいと思いました。

そのためには、敵がどんな絵を描くのか知らなければならない。

〈ライバルたち〉

画家は常にスケッチブックを持ち歩いているイメージがありましたが、全員が画材は持参しているものの、直接描いたものを持ってきている人はいませんでした。しかし、ほぼ全員がこれまでの作品をスマートフォンで撮影していたため、見せてもらうことはできました。互いに、手の内を隠して合宿本番で出し抜こう、という思いは持ち合わせる必要がないほどに、それぞれの作風はまったくの別物でした。見せてもらって、すごい、と感動したところで、簡単にはマネできない世界を皆が持っていました。

僕からは出てこないであろう世界が。

以下、簡単に自己紹介での情報と絵の特徴を箇条書きでまとめます。

★深沢蒼

身長178cm　体重62kg　ふたご座　AB型

好きな食べ物　ピザ

超進学校に通っているが、学校や学習塾は好きな世界ではないらしい。

理由は、美しくないから。

名前の通り、青色が好き。

なぜ好きなのかとたずねたら、美しいものだけがこの色を纏《まと》えるから、と返ってきた。

「青い空、青い海。だけど、海も空も汚れている時は青じゃない」

ブルーシートや掃除用のポリバケツなどはどう考えているのだろうと思ったが、怒られそうだったので聞くのをやめた。

「きみは何の青が好き？」

そう聞かれ、とっさにモルフォチョウだと答えると、気が合うねえ、と肩を組まれた。切れ長の澄んだ目が目の前に迫ってきて、ドキリとした。おそらく、自分に肩を組まれて不快に思う人間などいるはずないと思っているのではないか。

行動に、一拍間が空くとか、相手によってリアクションを考える、といったためらいや迷いが見られない。

美少年だと自覚しているため、外見を褒められても謙遜《けんそん》しない。

モルフォチョウと同じ発色をする塗料を用いた我が家の自動車にも興味あり。

水彩画をメインとした絵の特徴は、全体的に青色の使い方が印象的。留美先生の赤色には及ばないが、何色もの青色を自分のものにして、美しく使いこなしている。

シャガールの絵を彷彿《ほうふつ》させる。

陰影のつけ方も上手く、絵を見る角度で全体の印象が変わる、騙《だま》し絵的な工夫も取り入れられている。

デッサンは軸の捉え方が甘い部分があるものの、そのゆらぎが絵全体を幻想的なものに見せる効果を出している（わざとそうしているのかもしれない）。

特に、モルフォチョウを描いた作品は秀逸。

これはレテノールモルフォだね、と言うと、きょとんとしており、モルフォチョウに種類があるとは知らなかった、と笑いながら言われたことには驚いた。

生きているモルフォチョウを見たことはないらしく、インターネットで見た写真をもとにイメージを膨らませ、自分が作ることのできる美しい青色をすべて乗せた、という。

標本が欲しいそうだが、絵のためではなく、モルフォチョウの本物の翅《はね》をガラス内部に貼りつけて作る、蝶を模した指輪が欲しいのだとか。

その完成イメージ図は、青色の色鉛筆で画用紙にさっと描いたものなのに、指から今にも飛び立っていきそうな躍動感を秘めた見事な蝶だった。なのに、ちゃんとガラスにコーティングされていることがわかる。

さらに驚いたのは、ガラス越しのモルフォチョウの翅に杏奈さんの横顔を思わせる影が入っていたことで、彼女への恋慕を感じることができた。ただの自信家かと思っていたが、自然と人が寄ってくることが当たり前の人生を送ってきたぶん、自分の方へ寄ってこない人への接し方がわからないのではないか、とも感じた。

杏奈さんに「青」のイメージは、僕から見て、ない。自分のテリトリーに杏奈さんを融合させる手法を考え抜き、蝶と一緒にガラスの中に閉じ込めることを思いついたのだとすれば、合宿中に描く作品の構図などもすでに決まっているのではないか、と推測できた。

★石岡翔
身長１６５㎝　体重58㎏　てんびん座　Ｂ型
好きな食べ物　焼きそば

オレンジ色に近い金髪で、一見、不良マンガの登場人物のように見えるが、おそろしい雰囲気はなく、気さくでフレンドリーな性格。僕のことも、名乗るなり呼び捨てにしてきたが、人見知りな僕としては、それをありがたく感じた。

声が大きく、げらげらと笑うものの、俺はおまえらみたいなおぼっちゃまじゃないから、と何度も繰り返し虚勢を張っていることが、逆に、後継者に選ばれなかった時の言い訳をしているようで、小心者であることをうかがわせる。

学校の授業以外で絵画を学んだことがなかったことを、コンプレックスに思っているのかもしれない。などと胸の内でつまらない分析をしていたことを後悔した。

作品は豪快。

所謂《いわゆる》、壁画で、彼の家の近所だという高架下のトンネルや河川敷の橋脚、廃工場の倉庫などのコンクリート壁、全５カ所に絵を描いては市役所の職員に消されるという、いたちごっこを繰り返しているらしい。

作風はひと言で表すと、独創的。正確なデッサンで描いた後に、コンクリート壁がぐにゃりと溶けたのではないかと思わせるような、歪みやゆらぎがある。しっかりとした基礎の上に成り立つ自由な線。

色使いも独特で、リンゴは赤、バナナは黄色、といった固定観念をまったく無視した着色がなされている。黄色、オレンジ、紫、青緑、といった鮮やかで毒々しい色が効果的に用いられている。

自己主張が強い色たちなのに、作品全体にまとまりを感じるのは、この色彩を持つ蝶を僕が知っているからだと思い至った。

ヒューイットソンミイロタテハの色彩だね、と言うと、なんだそれ？　と蝶の種類であることも知らない様子だった。恐竜や翼竜が好きらしい。誰も正解を知らない生物だから、自由に描いても怒られないだろ？　と。

しかし、ヒューイットソンミイロタテハには興味を持ったようだった。

幼虫の時に麻薬の原料として有名なコカの葉を食べるから体内に毒を持ち、それを鳥などに知らしめるために派手な色彩をしているのだ、と説明すると、確かに俺っぽいな、とニヤ笑っていた。

どこからこの発想が出てくるの？　とプライドを捨てて聞いてみた。

悪魔からのギフト、らしい。要は、才能ということか。何をどう描くのか、理屈で考えるのではなく、自然と湧き上がってくる、といった。

絵に使用する塗料は自動車修理工場で働く「センパイ」から譲ってもらうらしく、めずらしい色の方が、一度開封したものの余りを譲ってもらいやすいのだと言う。

我が家の自動車の塗料にも興味を持っていた。

合宿中の課題の絵もコンクリート板に描く予定で、留美先生が手配してくれていると言っていた。壁画を見た留美先生からスカウトされ、絵画教室でも、授業料が無料だったり、他の生徒とバッティングしない時間に教室を使わせてもらったりと、優遇されているらしい。

5人の中では一番「後継者」にふさわしい作風だと感じるが、むしろ、色使いという点では印象的でない作風の生徒が合宿に呼ばれていることに、何か大きな意味があるのではないかと気になる。

★赤羽輝
身長175㎝　体重60kg　いて座　A型
好きな食べ物　チョコレート

長い前髪で顔の半分が隠れていることもあり、地味な印象。口数も少ない。

留美先生の話なども、他から一歩引いて聞いている。

しかし、5人の姿を少し離れた後方から眺めた時に、ハッとした。立ち姿が一番美しいのは彼だった。意識して気を付けの姿勢を取っているのではなく、自然と背筋が伸び、整った筋肉のせいか、背中からオーラを発しているような雰囲気を感じ、視線を持っていかれた。

正面から見て一番美しいと感じた深沢蒼は姿勢が悪い。

表と裏。モルフォチョウは世界一美しいと言われるが、翅裏は蛾のような模様である。それと対比して覚えた、アカネシロチョウを思い出した。

表面は白と黒で地味だが、裏面の基部に赤い紋があり、派手な色使いとなっているのだ。

だが、表と裏とは何だろう。たとえば、表の顔、裏の顔と言うと、他者を意識した姿と、他者に隠している姿という、目に見えるものと見えないものを表裏で表しているが、背面は見えないわけではない。

むしろ、直接見ることができないのは自分の目からのみで、他者からは丸見えである。

それなのに、多くの人間が表に気を配るのは、単に、鏡に向かった際、そちらがよく見えるからではないだろうか。自分の目に映る姿を、他者の目を通して想像し、こう映りたいと思う姿に整える。もしも、後頭部にも目があれば、背面を裏とは認識しないかもしれない。

自分の目に見えるものが表、見えないものが裏。

赤羽輝は自らの背面の魅力に気付いているのだろうか。彼の後頭部に目があれば、彼はもっと堂々と振舞うだろうか。

いっそ、後ろ姿の写真を撮って彼を褒めようかと思ったが、警戒心を持たれてわざと背中を丸められそうで、やめた。

作品は、いかにも絵画教室の課題で描いたといった、白い花瓶に赤いバラが生けられた油彩の静物画だった。

引き込まれたのはその赤だ。留美先生のような多彩な赤が用いられているのではない。むしろ一色。彼の赤は血の色だった。

血で描いたのではないかと一瞬錯覚し、すぐにそうではないことがわかる。血の色といっても、乾いた血ではない。皮膚を突き破って流れ出たばかりの血の色。乾いた絵の具の上なのに、そっと指でなぞると、指にどろっと血がこびりつくのではないかと思わせる。

生きている赤色。留美先生の赤色のような色のバリエーションやそこから生まれる躍動感、輝きがなくとも、生命を感じる赤。

デッサンはそこそこにうまい程度なので、この赤色のみで、赤羽輝は後継者候補になったのではないか。

自分にこの色が出せるだろうかと考えた。もちろん、再現ならできる。だが、同じバラを見て、たとえ、バラがこの色だったとしても、血液を想起させるものにはならないような気がする。

赤羽輝はバラの裏に何を見たのだろう。

★白瀬透
身長157㎝　体重50kg　うお座　O型
好きな食べ物　ホワイトシチュー（おばあさんが作った白みそ仕立て）
5人の中では一番の癒《い》やし系。赤羽輝のように存在感が薄いわけではなく、口数が少なく穏やかなタイプ。他人の話をとくに相槌《あいづち》を打つこともなく、ニコニコと聞いている。

杏奈さんからレモネードのグラスを受け取る際、指先が少しふれただけで真っ赤になっていたところに好感が持てる。

作風、というより、専門は水墨画。

色彩の魔術師の後継者を選ぶ合宿に、モノトーンで表現する生徒が参加していることに驚いた。普段は水墨画教室に通っていて、そこの先生の紹介で留美先生と出会い、合宿にはゲストとして招待されているのだという。僕と似たような立場であることに親近感を抱く。

菜の花畑を飛ぶ、モンシロチョウの絵を見せてもらった。モンシロチョウの素朴なイメージが彼の見た目のイメージと重なった。

そこで、モンシロチョウの目の見え方について思い出した。多くの人間の色覚である三原色に加えて、紫外色が見えるという性質。留美先生のインタビュー記事にあった四原色とは、三原色の赤が細分化されたものらしいので、留美先生とモンシロチョウの目の見え方は同じではないが、似ているところも多いと考えられる。

白瀬透はモンシロチョウの目を持っている、だから、合宿に呼ばれた。もしかすると、僕の目には白黒に見える彼の絵は、紫外線の特定の周波に反応する特別な塗料が用いられていて、蝶にはモノトーンの世界ではなく、色鮮やかな絵に見えるのではないか。そんなことを考えた。

色覚についてはデリケートな問題とされているが、紫外色が見える人間などいるわけないので、突飛な発想を彼ならニコニコしながら聞いてくれるのではないかと話したら、思ってもみなかった答えが返ってきた。

軽率な発言を謝罪しなければならないような。

白瀬透の母親は四原色を識別でき、彼自身は二原色の世界で生きているのだと。赤を識別しにくいらしい。

ような、ではなく、僕は彼に頭を下げて謝罪した。そんな僕に、彼はニコニコしたままこう言った。

「色ってそんなに大切なのかな。色を取り払ったからこそ、本当の形が見えることもたくさんあると思うんだ」

透は手元に置いていたリュックの中から筆ペンと白い紙を取り出し、二房のブドウの絵を描いた。僕はブドウが大好物なわけでもないのに、巨峰《きょほう》とマスカットだと見分けがついた。

「マンガだって、表紙くらいしかカラーで描かれてないけど、感動するよね。そもそも目に映る世界なんて、一人一人違うんだってうちのおじいさんが言ってた。普通の目なんてものはこの世にない、って」

足元がぐらついたような気分だった。僕は自分の目に映ったものを正しく再現することができる。しかし、「正しく」などないのだ。僕の目にはそう映っているだけで、他の人にも同じものが映っているとは限らない。視力の違いだってある。そもそも、「同じ」ということがないのではないか。

それでも、深沢蒼の作る青色を美しいと感じる。石岡翔の描く世界に毒々しい鮮やかさを感じる。赤羽輝の赤色に血液や生命を感じる。

他者に何かを感じさせる力。僕の絵に、それはあるのだろうか。

白瀬透のモンシロチョウからは蝶の呼吸の音が聞こえた。そんなもの実際には聞いたことがないのに。菜の花畑からは「こっちにおいで」と声がした。

★黒岩大
身長１８０㎝　体重80kg　おうし座　Ｏ型
好きな食べ物　ラーメン、チャーハン、カレーライス

体育会系、文化系、といった分け方をするなら、迷いなく体育会系に分類される体型。学校では柔道部に入っているらしいが、もっと似合いそうなものを思いついた。

応援団だ。そうひらめいた矢先、体育大会では応援団もやった、と黒岩大は作品よりも先に、学ランに白いタスキをかけた姿の写真を見せてくれた。

第一印象はカブトムシだったが、背中の白く長いタスキがたなびく様は蝶の翅のようにも見え、ならば、オオゴマダラだなと思った。

別名、新聞の蝶。

この思いつきは彼の作品にピタリと結びついていて、思わず自分の額辺りに第三の目なる

ものを感じてしまったほどだ。

夏休み明けの生徒会選挙には会長に立候補するらしい。

作風は白瀬透と同じ、モノトーン。いや、白黒だ。グレーやグラデーションは存在しない。白い紙の上にボールペンの黒い線のみで描かれる、ペンアートと呼ばれる作品を僕は初めて知った。

作品は写真ではなく、実物を見せてもらった。原画ではなく、Ａ３の用紙にコピーしたもので、４つ折りに畳み、クリアファイルの中に入れていた。

文字のない新聞だ、と感じた。

野山の昆虫や押し花の標本が細い線で精密に描かれているな、と思いながら絵をじっくり覗《のぞ》き込むと、標本が並んでいるのは箱の中ではなく、ソーラーパネルの上であることがわかった。

「山の中の別荘ってどんなところだろうって、周辺を画像検索していたら、ところどころ急にソーラーパネルの一帯が出てきて、がっかりしたんだ。実際にその土地に暮らしていないヤツが、無責任に、自然を守ろう、とか、森を破壊するな、なんて言っちゃいけないんだろうけど、やっぱり、そこにいた虫や、花たちはどうなったんだろうって気になるじゃん」

そんな思いが込み上げて、描かずにはいられなかったらしい。

そういえば、ここまで来る途中、何度かソーラーパネルを見た。僕の目に映っていた。だが、それを意識して思い出したのは、黒岩大の絵を見てからだ。ましてや、そこにいた生物や植物に思いを寄せたのは、大のメッセージに触発されたからで、ソーラーパネルに気付いていたとしても、そんなことは考えもしなかったはずだ。

山の中に突然現れたソーラーパネルが設置された一帯に連れていかれ、ここの絵を描いてみろと言われたら、僕は見えたままを描くのだろう。

物語を持たない絵。

ボールペンだけで描かれた蝶の翅には幾重もの線が重ねられていた。

話は逸《そ》れるが、僕はスプーン曲げができない。1年生の理科の時間、元素記号を習っている時だ。担当の先生は、ジャケットのポケットからいきなりスプーンを取り出して、左手で柄の部分を持ち、右手で柄と丸い部分の繋《つな》がるところをこすり始めた。

――金属のかたまりだと思い込んでいるうちは曲げられない。細かい分子が集まっていると考えるんだ。粒が集まっているだけ、ホイ！

先生のこすっていた部分はぐにゃりとらせん状に曲げられた。力ずくでできる形状ではない。

そんなことを思い出したのは、黒岩大の描いた生物や植物が、細胞が集まって形作られたものと感じられたからだ。

時間をかけて成長したもの。それを破壊する、人間のエゴ。

文字はいらない。色もいらない。メッセージを押し付けられるのではない。

絵を見ながら、自分で気付く。

絵の可能性。

留美先生の後継者＝色彩の魔術師の後継者、ではないのかもしれない。


同い年の個性的な絵の仲間との出会いによる気付きは、以上にまとめたことですが、他にも、僕にさらなる気付きを与えてくれたものが、山の家にはありました。

一つ目は、一之瀬佐和子さんの肖像画でした。タイミングを見て、合宿中に留美先生に聞いてみようと思っていたのに、そんな必要はありませんでした。リビングに飾られていたからです。部屋に一歩入ると、その絵が目に留まり、説明を受けなくともこれだと感じるものがありました。


〈発想までの経緯〉

僕の祖父が描いた絵。画壇から追放されたとはいえ、家に一点くらい飾っていてもよさそうなのに、僕は本物を見たことが一度もありませんでした。

留美先生によく似た、正確には、元気な頃の留美先生によく似た、華やかで光り輝くような印象の女性の肖像画でした。

合宿2日目、父を見送った後、その絵の前に立っていると、留美先生がやってきてこんな話をしてくれました。

「私の母よ。この絵を受け取りに家族でここにやってきた時、子どもだったとはいえ、きみのおじいさん、榊画伯に私はとても失礼なことを言ってしまったの。ぜんぜん、きれいじゃない。こんな絵より、今のお母さんの方が何倍もきれい、って」

絵の前に立つ留美先生が、その日の佐和子さんである想像を僕はしました。

周りの人たちは、佐和子さんが一番輝いていた時の姿を思い返すように、その絵を眺め、賞賛している。色を失ってしまった佐和子さんが、かつてはこんなに鮮やかな色を纏っていたことを懐かしむように。

「留美先生は怒って当然だと思います。だって、留美先生の目には隣にいるお母さんが色を失っているようには見えなかったからでしょう?」

留美先生は目をパチクリとさせて僕の方を見ました。

「私の目のことは知っているのね」

「四原色のことは知ってますけど、そういうことじゃなくて。見かけは弱々しくなったけど、お母さんの中には昔と変わらないかそれ以上の情熱はしっかりあって、留美先生はそれを感じ取っていたんじゃないかな、と。だから、それを周りが理解していないことに腹が立った」

留美先生は口もポカンと開けました。

「特別な目を持っていなくても、感じ取れることだったのね」

僕は留美先生の言葉の意味が理解しきれませんでした。自分の解釈が不正解だったことに気付き、恥ずかしさが込み上げてきて、逃げ出したくなりました。しかし、次の留美先生からの問いかけに、僕はまっすぐ絵の前に向き直りました。

「ねえ、榊画伯はいつの母を描いたんだと思う?　きみは」

佐和子さんが健康だった時の姿だろう、と思いましたが、口に出す前にハッと気付きました。それは、留美先生と同じ答えでした。

「見た目は、一緒に過ごした健康な時の姿ではあるけれど、榊画伯はそれを過去の姿として捉えていない。榊画伯の目には、母はあの日も絵と同じ姿で映っていたんじゃないかしら。だから、母は、ありがとう、ってあんな素敵な笑顔で言ったんだわ」

実際に、誰らがいて、どんなふうに絵を眺め、どんなやり取りがかわされたのか。圧倒的に情報量が少ない僕が留美先生の思いをすべて理解することはできなかったけれど、留美先生の言葉を聞きながら、僕の頭の中にある扉がそっと開いたような感覚に包まれました。

人間標本とはこういうことなのかもしれない、という気付きの扉。

その扉をガッと開いたのは、もう一つの絵、もしくは標本、でした。

留美先生は、もう一つ見せたいものがある、と言って、僕をリビングの奥に促しました。

そして、暖炉の上に立てかけてあった箱をテーブルの上に置きました。

「本当は、至くんが合宿中に描く絵に影響が及んじゃいけないから、完成した後に飾ろうと思っていたんだけど、ここに来てからのきみは、新しいことをどんどん吸収しているのか、時間を追うごとに表情が良くなっていくから、これも見せた方がいいんじゃないかって、ついさっき、思ったの」

留美先生は佐和子さんの肖像画から目を離さなかったように思えたのに、僕のことを観察していたようです。会ってまだ24時間経っていない僕の表情の変化がわかるなんて、やはり、プロの画家はすごいと思いました。

自分だって、他の5人のことをじろじろと見ていたのに、同じように自分も見られていたと思うと、急に恥ずかしくもなり、頰が熱くなるのを感じました。そんな僕を見て微笑みながら、留美先生は箱の蓋《ふた》をゆっくりと開けました。

きれいな装飾がほどこされた木製の額縁の中に広がる世界が見えた途端、僕は息をのみました。僕が見たこともない景色がそこにはありました。

おそらく山の家周辺だろうと思われる花畑と山の景色が水彩絵の具で描かれた上に、キアゲハやアオスジアゲハといった、本物の蝶の標本が数点とめられていたのです。

景色の絵そのものはそれほど上手くありませんでした。小学校低学年の子が丁寧に描いたといった出来です。しかし、配色は普通の子どもでは考えつかないような色合いでした。

紫がかった空に黄色と黄緑のグラデーションの山。手前の花畑はタンポポのような形の花が多く描かれ、中心に向かうほど色が濃くなるピンク色のグラデーションで塗られていました。シロツメクサはもっと赤い……。

なるほど、と思いつきました。これは留美先生が子どもの頃に描いたものに違いない。もしかすると、佐和子さんの絵を取りに来た時、この家に数日間滞在し、僕の父が標本を担当して、一緒に作ったのかもしれない。

「先生の絵ですね」

自信満々に言うと、留美先生は微笑んだまま首を横に振りました。

「きみのお父さんの作品よ。小学1年生の夏休みに作った蝶の標本。背景の絵は自分で本を読んで、蝶の目の見え方の着色をしたんだって」

この絵を父が？　驚きで声が出ませんでした。父が書いた蝶に関する本は何冊か読んだことがありました。大人向けの内容なので、半分以上理解できていないと思いますが、蝶の目の見え方については、写真がいくつかついていたこともあり、何となく理解したつもりでいました。

黄色いタンポポはこんなふうに、モンシロチョウの雄の翅と雌の翅はこんなふうに見えるんだな、と写真を見ながらおもしろいと感じても、他のものがどう見えるか、今、自分の目に映っている景色が蝶にはどう見えるか、そんな想像はしたことがありませんでした。

だけど、父は違った。黄色いタンポポがこう見えるなら、白いシロツメクサはこう見えるのではないか、緑の草は、遠くに見える山は、空は……。答え合わせができない問いに、自分なりの答えを出して、一つの景色を完成させた。しかも、絵がメインではなく、標本の土台として。

蝶の標本を飾るのに一番ふさわしい背景を考え、蝶の目になって絵を描いた。きっと、これが父を蝶博士へと導く扉となったのだと思いました。

「私、自分の目が他の人よりたくさん色が見えることがわかった頃、それがイヤでイヤでたまらなかったの」

留美先生は絵を覗き込むようにしながら話し出しました。

「実は、私の母も私ほどじゃないけれど、普通の人よりは色が多く見えていたんだって。しかも、病気との因果関係はわからないけれど、病気が進行するに連れて、四原色の特質が強くなっていったらしくて。命と引き換えに神様がすばらしい景色を見せてくれていると思っていたのに、あなたは生まれた時からギフトを与えられていたのね、なんて言われて。きっと、私を元気付けるために言ってくれたんだろうけど、あまのじゃくだった私は、そんなのズルい、って責められてるように感じたわ。そんな時にこの絵と出会ったの」

僕は留美先生の目に映るこの絵を想像しました。きっと、この部屋全体は留美先生とはまるで違った色で見えているけど、この絵だけはほぼ同じように映っているのではないか。それに、子どもの留美先生も気付いたのではないかと思います。周囲に、おかしな色使いだな、と口にする人がいて、確信したかもしれません。

「私はチョウチョと同じ目を持っていて、それに憧れている人がいるんだ。実際に見えなくても、絵に描いて、その世界に行ってみたいと思う人がいるんだ。じゃあ、私が教えてあげる。史朗くんに。そして、世界中の人たちに。私が画家を目指したのは、母親が画家だったからじゃなく、この絵に出会ったからなの」

誰かの人生を後押しする作品。

「父はこのことについて、先生に何と言ったんですか？」

照れて俯《うつむ》く父の姿を僕は想像したのに、思いがけない答えが返ってきました。

「史朗くんには話していないわ。こういうエピソードは、私が死んだ後に人づてに聞いて涙するものでしょ」

僕は大切なメッセージを託されていたのです。

祖父と佐和子さん。父と留美先生。僕は杏奈さんの人生に深くかかわることができるだろうか。そんなことを考えました。

まずは、しっかりと絵を描こう。これまでの僕の絵に足りなかったものが何なのかもわかってきました。

第三の目を持つことです。

その目が山の家に来て出現し、徐々に明いていることにも気付きました。5人のライバルたちを当たり前のように蝶にたとえていた、その目を以《もっ》て、杏奈さんに向き合ってみよう。それがうまくいけば、今度は、5人のライバルたちそれぞれの絵も描いてみたい。この段階ではまだ、僕は「人間標本」というタイトルの絵を描くつもりでいたのです。


〈禁断の扉〉

合宿2日目の午後、30号のカンバスが全員（石岡翔にも）に配られたので、いよいよ各自の作品にとりかかったり、留美先生からの講義のようなものがあるのかと期待していたら、思いがけないことが起きました。

留美先生が画材店に特別に注文していた品を運ぶトラックが、大きすぎて林道の途中から進めないと、従業員の人が走って伝えにきたのです。運転手を含めて2人しかいないため、そこまで全員で荷物を受け取りに行くことになりました。

片道300メートルくらいだったので、誰からも文句は出ず、林道を下っていきました。

驚いたのはその品物です。巨大な透明アクリル板ケースでした。

縦200㎝×横200㎝×奥行80㎝、アクリル板の厚さは2㎝。それが6つあるのです。

深沢蒼が留美先生に何に使うのかたずねました。

「みんなの作品をそれぞれこのケースの中に入れて、花畑や森の中に展示しようと思うの。ちょっとした屋外美術館、キャンプ場に来ている人たちにも見てもらえるでしょう？　絵の飾り方も一人ずつに案を考えているけど、完成するまでは秘密」

留美先生は白っぽくなった唇にひとさし指を当て、ウインクをしました。

絵画を外に展示するのはおもしろいと思いましたが、その中に自分の作品が含まれると考えると、またハードルが高くなったような気がしました。光の当たり具合なども考慮しなければならない。天気はどうだろう。だけど、蝶の目を持つことを決めていたので、自分の作品に有利な展示方法ではないかとも考えました。

アクリル板ケースは重量はそれほどなく、運送会社の人に滑り止めのついた軍手をもらうと、一人で一ケース持ち上げることができました。

よかった、と胸をなで下ろしたのは、留美先生がその場にうずくまってしまい、角材が数本入っているという段ボールを使った急ごしらえの担架で、運送会社の2人に家まで運んでもらえることになったからです。

杏奈さんはそれに付き添い、残された6人はそれぞれケースを抱えて持ち上げ、50メートルほど進んでは休憩をしながら、ゆっくり進んでいきました。

「やっぱ、登りはキツイな」

黒岩大がそう言ったのだから、楽勝だった人は誰もいません。

何度目の休憩の時だったか、みんなが無口になっていたこともあり、石岡翔が笑わせようとしてくれたのかもしれません。

「絵を飾るよりも、それぞれがアートな恰好《かっこう》でケースに入った方がおもしろい作品になるんじゃね？」

そう言って、ケースに貼ってあった養生テープを剝《は》がし、立てたままのケースの中に入ると、プテラノドン、などと言いながら翼竜のポーズをとったのです。

その瞬間、頭のてっぺんを撲《なぐ》られたような衝撃を感じ、びりびりとした震えが体全体に広がっていくような感覚に囚《とら》われました。

ケースの中の石岡翔が、ヒューイットソンミイロタテハに見えたのです。その後ろには壁画があり、そこを突き破って羽化した、そんな背景までもがしっかりと見えました。実在する、目に映るものしか見えなかった僕が、第三の目で感じた光景を見たのです。

まさに「人間標本」じゃないか。しかも、標本対象者のギフトが何であるかも一目瞭然《りょうぜん》だ。これ以上の芸術作品がどこにあるだろう……。

笑い声で我に返り、他のメンバーの方を見ました。誰も石岡翔に続いてケースの中に入ることはなかったけれど、その時の僕には、それぞれのケースの中に一人ずつが見えたのです。

深沢蒼はレテノールモルフォとして、優雅に翅を広げてケースの中央に。

左手の薬指には本物のレテノールモルフォが指輪のようにとまっている。集中して目を凝らすと、蒼には下半身がありませんでした。思い出したのは、胴体に油分を多く含む蝶は、標本を作る際、胴体の下半分を切り落とす、と父から教えてもらったことです。

忘れていたと思っていた知識も、頭の中で眠っていただけで、第三の目が明いたことにより、脳内全体が新しい世界のためにフル稼働し始めたといった感覚です。

赤羽輝はアカネシロチョウ。

頭は正面を向いているのに、胴体は背面が表を向いている。両側の肩甲骨から臀《でん》部にかけて、血の色のバラがライン状に描かれ、その上から光沢のある粉末で装飾。スポットライトを浴びた銀色の紙ふぶきに包まれているイメージで。顔面は何か植物で隠す。

アカネシロチョウは変わった植物を幼虫の時に食べるのではなかったか、と考えて、ヤドリギだったことを思い出しました。

他の人よりも蝶の知識があるのは、単に父親が学者で、標本や専門書が家にたくさんあるから、興味がなくても自然に目にとまり、頭に入ってくるからだ、と考えていましたが、それよりさらに深い、蝶の王国に生まれ、呼吸をするように蝶のことを体内に取り入れていたのかもしれません。

肩で大きく息をしている白瀬透はモンシロチョウ。

目の話を聞いた影響をかなり受けているみたいで、背景には、二原色の人もその美しさを感じられるであろう、四原色で表した月夜の菜の花畑の絵。第三の目は四原色を瞬時に浮かび上がらせることができるのか、と自分の潜在能力に戦《おのの》きもしたけれど、以前にネットで見た留美先生の「サファイアの夜」という作品をアレンジしたものだと気が付いて、少し気が抜けました。

体全体を白い包帯のようなものでミイラみたいにぐるぐると包みこんでいる。素材はやはり、和紙がいい。モンシロチョウの目には雄の翅が赤く見える。両手の肘《ひじ》より先の部分に朱色の墨汁をしみ込ませよう。書道の時間に先生が使うアレだ。

おくるみに包まれた赤ん坊みたいに優しく絵に横たえて、両手は月に向かって伸ばそう。

ケースの中に作品が見えるだけでなく、その創作過程も思い浮かべることができました。

黒岩大はオオゴマダラ。

ケースにぎりぎり入る大きさだ。両足を切断した方がバランスがいい。背景は絵のみの新聞。一枚ではなく、何枚も重なったところから、中央を突き破って飛び出してくるような動きを持たせよう。ソーラーパネルの設置による環境破壊の一枚は見せてもらったけれど、大は他にどんなことを取り上げているのか。

第三の目はエスパーの目というわけではないので、知らないことに関しては何も浮かんでこず、その時一番上に来ている新聞は僕が見せてもらったものになっていました。

これではないような気がするな、とカラのケースを凝視しながら首を捻《ひね》る僕を、大は不審に思わなかっただろうか。などと心配になりながらも、あまり気にしないことにしました。大は僕に、というか、杏奈さん以外の子たちにあまり興味がなさそうに思えたからです。

モデルとして観察しているというよりは、ただの女の子好きなのかもしれない。そういえば、と雄のオオゴマダラは茶色いブラシみたいな生殖器も特徴的だったことを思い出し、それを作品ではどう扱うべきか、検討しないといけないなと腕を組み、はたと気付きました。

実際には作らないものを、何で真剣に考えているんだろう。

休憩も終わり、また歩きに専念することになりました。ケースの中にはまだ作品が見え続けていて、それぞれが自分の標本を運ぶ姿がおもしろく、では、自分は何を運んでいるのだろうと目の前のケースの中に目を遣《や》りましたが、そこには何も見えませんでした。

やはり、一番に見えていないのは自分自身なのです。

もくもくと歩き続けていると、「人間標本」のことばかり考えてしまいました。

標本となると、やはり、ケースの中の対象者は死んでいることになる。ということは、実際に作製するとなると、殺人を犯さないといけないというわけだ。全員が不治の病に侵されて明日死ぬのであればいいのに。だけど、病に侵されている人たちからは、今見えているエネルギッシュな輝きは感じられないはずだ。

明日死ぬかも、なんて誰一人考えていない。

いや、白瀬透はどうかな。ケースを足元に置いて、ズボンのポケットからちゃんとアイロンの当てられたハンカチを取り出して汗を拭《ふ》いている透。木漏れ日を受けてまぶしそうに目を細めているのに、僕は彼の背後に夜を感じる。死への憧れ。もしくは死者への思慕。

それをさらに強く感じるのは、赤羽輝の方だ。地味だけど本当はスポットライトを浴びたい。だけどそれを実行すると、体中から一斉に血が噴き出す、いや、背中からかな。そんな爆弾を体内にしかけられていることはわかっていても、わかっているからこそ、ステージに立つことに憧れる。命の重さは一夜の栄光と同じ、なんてね。

もっと刹那《せつな》的に生きているのは石岡翔のように思える。初めこそ、歩きながら冗談を言ったりおかしな替え歌をうたったりしていたのに、今では透よりも足を止める回数が多く、黙りこくっている。顔から吹き出ている汗も僕の倍以上で、頭に巻いた絵の作業用ではないかと思う汚れたタオルで顔を拭《ぬぐ》っても、またすぐに玉の汗が顔中に浮かび、滝のように流れていった。

コカ、麻薬でもやっているんじゃないか。毒物に体内が蝕《むしば》まれているんじゃないか。ぶっ倒れてそのまま天国に飛び立っていく。本人はそれを望んでいるのではなく、それならそれで別にかまわないと思っている。

ケースの中の翔は両手を広げてケースの外、空へと舞いあがったので、逃げ出さないようにちゃんとコンクリートで固定しておかないと。

あれ？　案外、死んでもよさそうだな。でも、深沢蒼と黒岩大は希死念慮がまったくなさそうだ。爆弾が空から降ってきても、蒼は自分に当たるはずがないと悠々と歩き、大は他人を盾に自分を守りそう。泣いているかよわい女の子を3人くらい束にして。

酷《ひど》い発想だな、僕が何かされたわけでもないのに……。

そこで、山の家に到着しました。不謹慎な想像はこれで終了、気持ちを切り替えて杏奈さんの絵を描こう。アクリル板ケースを家の裏手にある倉庫に入れ、一度は、頭の中をからっぽにして家の扉をくぐったのです。

留美先生はリビングのソファに座っていて、ごめんなさいね、と柔らかな笑顔で迎えてくれました。杏奈さんが用意してくれた冷たいレモネードをみんなで一緒に飲んだ後、少し休むわね、と二階の寝室にあがっていったけれど、その日、留美先生が一階に下りてくることはありませんでした。

みんな、疲れていたこともあり、夕方までは各自好きなように過ごし、夕飯は杏奈さんの作ってくれたカレーを食べながら、雑談をしました。大人が不在なのをいいことに、酒を飲んだことがあるかどうかという話になりました。

そこで、僕は父と訪れたブラジルでカシャッサというアルコール度数の高いお酒を使ったカイピリーニャというフルーツ（僕の時はオレンジ）カクテルを飲んだことを打ち明け、みんなが「飲んでみたい」と盛り上がったのですが、まさかこの話が後々、標本作製に役立つことになるとは思ってもみませんでした。

翌日、杏奈さんから、留美先生の体調が回復していないこと、これからキャンプ場に救急車を呼びに行くこと、合宿が継続できなくなったことを聞かされました。

僕は杏奈さんと一緒にキャンプ場まで下り、父に連絡をして、迎えに来てくれた父の車で

5人を自宅まで送り届けることになりました。父は蝶の観測に一週間ほど出て行くと聞いていたので（行き先は知らされていません。家族といえども、学会で発表されていないことについては、父は徹底して秘密を貫き通します）、まだ家にいてくれて安心しました。

車の助手席に乗って山間《やまあい》の道を走る中、留美先生の体調は気になりましたし、合宿の中止も残念に思いました。しかし、ふと後部座席を振り返った時、これはチャンスではないかと体が震えました。

全員の姿がケースの中にいた蝶に見えたからです。

父がどんな蝶を求めて秘密の旅に出かけるのかは知らないけれど、僕はもっとすごい、この世に唯一無二の標本を作ることができるのだ――。

そのうえ父は、忘れ物をしている子から連絡が入るかもしれないので、などと言いながら、山の家の鍵《かぎ》を僕に託したのです。

〈観察〉

自宅に戻り、自室のベッドに入っても5人に見えた「人間標本」の姿は頭の中から消えませんでした。それでも、朝、目が覚めると、すべてが夢だったような気分になりました。山の魔法にでもかかっていたのではないか、と。

しかし、僕の家は一般家庭とは違います。自室を一歩出ると、イヤでも蝶の標本が目に入ります。ただ、これまでは壁紙の模様程度にしか捉えておらず、たとえ蝶の種類が大きくかわっていても気付くことはなかったと思うのに、その日は一つ一つが目に留まり、蝶が僕に語りかけているように見えました。

レテノールモルフォ、ヒューイットソンミイロタテハ、アカネシロチョウ、モンシロチョウ、オオゴマダラ、どの蝶もいるけれど、単純に、翅を広げた体をピンでとめられただけです。

父は小学1年生の時に、あんなにすごい独創的な標本を作ったのに、こんな標本で満足しているのだろうか。それとも、子どもだからできたのか。僕が手に入れた第三の目も永遠ではないのかもしれない。むしろ、今回だけだったら。

そもそも、すでに閉じてしまっているのではないか。

僕は5人に会いに行くことにしました。みんな普通の人間に見えて、ハンバーガーでも食べながら、留美先生のお見舞いに行く約束でもするのではないか。見舞いの品はそれぞれが山の家で描くはずだった絵にしよう、ということになるのではないか。そんな呑気《のんき》な想像をしながら……。

結論として、全員が蝶のままでした。

石岡翔が翼竜を描いた壁画は、圧倒的な迫力があり、並外れたギフトをうらやましく思い、この人（蝶）は今すぐ標本にしてしまうよりも、もっとたくさん作品を生み出してからにした方がいいのではないか、広い世界に名が知れ渡り、作品を消されなくなってからの方がいいのではないか、などと迷いが生じましたが、翔の口から本当に薬物に手を出していたことがわかり、迷いは消えました。

むしろ、薬物摂取により、夢の世界にトリップできることが目に見える形で証明されると、翔の作品は悪の道への案内板となってしまいます。翔が害虫となってしまう前に、僕が惜しまれる存在にしてあげよう。これが言い訳であることくらいは、第三の目が明いたままでも理解できています。

赤羽輝はもしやと思い動画サイトを探してみると、やはり、本人を見つけ出すことができました。こちらが想像する以上に、ロックスター然とした衣装を身に着け、前髪を上げ、歌舞伎のようなメイクをして激しいダンスを踊っていました。メイクをしない方が人気が出て再生回数を増やせるのではないかと思いましたが、思考を切り替えて、SNS上でも顔を隠す理由を考えました。

ロックスターの隠し子ではないか、などとマンガみたいなストーリーを想像し、しかし、本当にそうかもしれないと思えるスターに行き当たりました。多分、輝の父親だ、と感じたのは、骨格です。目に映る物を精密に再現することのできる僕だからこそ、スターの頭蓋骨《ずがい》と輝の頭蓋骨を重ねることができます。もちろん、大きさは輝の方が小さいけれど、形は98パーセント同じでした。

とはいえ、そんな目を持っていなくても、親子だと確信できる、少なくとも、輝はそう信じていると思えるアイテムがありました。赤いバラです。なぜ、血液のような色なのかも判明しました。

僕は調べたことを輝に打ち明けました。すると、輝は一度行ってみたいところがあると言い、海外アーティストの公演もあるコンサートホールに2人で行きました。大きなイベントがあって中に入ることができなかったので、エントランスに続く階段の途中に座って、買ってきたハンバーガーを食べていると、「最後の晩餐《ばんさん》」という言葉が浮かんできました。

なんとなく留美先生の話になり、輝も自分から絵画教室に申し込んだのではなく、動画を見た留美先生から声をかけられたことを知りました。そして、こんなことを言われたのだ、と。

――自らがステージに立たなくとも、作品がスポットライトを浴びれば、自分も喝采《かっさい》を浴びたことになる。

留美先生は「輝の描いた作品」という意味で言ったのだろうけど、僕は「輝を標本にした作品」を思い浮かべ、多くの人がそれに喝采を送る様を想像することができました。

白瀬透の家に行くと、透は留守でした。おじいさんとお墓詣《まい》りに行っている、と透のおばあさんに言われ、もうすぐ帰ってくるから、と上がって待つよう勧められました。お茶とお菓子を出してくれ、透と仲良くしてくれてありがとう、と何度も言われました。

「心中未遂で生き残った子なんて学校でからかわれて」

僕はその話を知らないふりをしていたのに、おばあさんの方からそれを言ってくるなんて。山の家での2日目の夕方、僕は父の標本の背景のモデルとなった花畑に行ってみました。すると、そこに透がいたのです。

一度、目の話をしていたこともあり、透は僕に心を開いてくれたのか、花畑を舞う蝶を眺めながらいろいろな話をしてくれました。

お母さんが自分の目や透の目のことを欠陥として捉えていたこと、それが原因でお父さんと離婚したこと、おじいさんがコネを使って大人の水墨画教室に入れてくれたこと、そこで留美先生のセミナーを紹介されたこと、セミナーで蝶の目の見え方についても知り、僕の父の本にも興味を持ったこと、そして、お母さんとの最後の夜のこと。

月夜の菜の花畑を散歩し、2人で「きれいだね」と言い合った夜、お母さんは睡眠薬を多量に服用して、朝、目を覚まさなかった。それは多くの人が知るところとなってしまった。

　お母さんは透にも薬を飲ませていたことがわかったからです。

　しかし、真相は違うのだ、と透は言いました。お母さんは自分だけ薬を飲んだ。それに気付いた透が自分で同じ薬を飲んだのだ、残っていたのを全部飲んだけど足りなかったみたい、と。

——死にたいと思ったんじゃない。お母さんに置いていかれたくなかったんだ。

それを、おばあさんがどこまで知っているのかはわかりません。手持ちぶさたになったのか、おばあさんは透が赤ちゃんの時のアルバムを出してきて、僕に見せてくれました。

かわいらしい人間の赤ちゃんが写っていました。あーあ、と自分の肩が下がっていくのを感じました。透だけは標本にしてあげたい。そう花畑で思っていたのに、蝶でなくなったら殺すことはできません。

「人間標本」といえども、蝶に見えない人間を殺す勇気は持てそうにありませんでした。しかし……。

襖が開いて透が入ってきました。その姿は、可憐《かれん》なモンシロチョウでした。

黒岩大は学校の最寄り駅で絵新聞を配っていました。

その日は、芸能人のまこるんるんがSNS上で受けた誹謗《ひぼう》中傷で自殺したことを取り上げていたのに、若者だけでなく、高齢の人も新聞を受け取る列に並んでいました。ビーダブルと呼ばれていて、ちょっとした有名人だな、と驚きましたが、誤解も受けていることがわかりました。

僕の前に並んでいたおばあさんは、大は新聞を配る係で、絵を描いているのは体が弱くて外出できない彼の親友なのだと、得意げに教えてくれました。大の標本を見たら、おばあさんは驚いて腰を抜かすかもしれません。

僕に気付いた大は近くの公園で待っていてくれと言ったので、僕は言われた通りにしました。たまたま近くのベンチにいた女子2人組も大の絵新聞を持っていました。だけど、2人の表情はおばあさんのように新聞を喜んでいる様子ではありませんでした。

「絵がうまいからってよくこんなことできるよね。○○にあんな酷いことしておいて」
○○は女性の名前で、あんな、とは性的なことを含む暴力でした。
「なんか、病気らしいよ、そういう。だから男子校に行ってるのに、外見はいいから女子の方から声かけてくるって」

「タイプじゃないけどな……。新聞配りも、餌撒《ま》いてるだけじゃん」

彼女たちはそう言って、大の新聞をカラになったペットボトルと一緒にゴミ箱の中に捨てて去っていきました。そこに大がやってきて、こちらが聞いてもいない今回の新聞のテーマについて朗々と語り出しました。

「いじめとか、いじりとか、いたずらとか、からかいとか、人の命を奪うことに繋がる行為なのに、文字になると深刻さがまるで伝わらない。誹謗中傷だって。悪気はなかったって言うヤツは、バカだから、本当に悪気はなかったんだと思う。だけど、行為の重さはその言葉じゃ片付かない。自分が悪気なく、いかに悪いことをやったかがひと目でわかる、そんな作品を描きたいんだ」

そう言って勢いよく立ちあがった大の体の中心部に、大きな茶色いブラシ状のものが見えました。これはやはり省略してはいけないな、と思いました。

自分が悪気なく、いかに悪いことをやったかがひと目でわかる、そんな作品に仕上げるために。

深沢蒼には会いに行きましたが、すぐには声をかけませんでした。

光を浴びていない、一人きりでいる蒼を見てみたかったからです。モルフォチョウの翅の色は青色ではありません。構造色といって、青い光の波長にあわせる鱗粉《りんぷん》に覆われているのです。

夜の蒼に会う方法。思い切って蒼に電話してみると、塾に行くと教えてくれました。場所や終了時間、興味のない醜い競争に勝手に巻き込んでくる連中ばかりでうんざりしている、という愚痴まで。電話とはいえ、人間らしい会話をしていると、蒼の姿までそう見えてしまいそうで、また今度、と伝えて切りました。

そして、蒼を尾行したのです。

月明かりに照らされた蒼もきれいでしたが、蒼は光を避けるように、河川敷に下りて行きました。そして、橋の下、汚れたブルーシートで覆われた小屋のような建物に近付くと、中も覗かずに、ポケットからライターを取り出して、シートの端に火を点《つ》けたのです。

シートは黒い煙を上げながら、ジリジリと溶け出し、ボッと炎を上げました。しかし、その様子を蒼は見ていません。逃げたわけでもありません。まるで興味がないといった様子で、悠々と歩き去っていったのです。

見なかったことにしようか。一瞬、そう思ったものの、足は蒼を追っていました。

蒼くん、と呼ぶと、蒼は足を止めてゆっくりと振り向きました。しまった、という様子は微塵《みじん》もありません。どうしてあんなことを、と僕はたずねました。

「汚いから。僕の一番きらいな青だ。でも、大丈夫、中はカラだよ。今日はね」

蒼はそう言って笑い、また歩き出しました。今度は声をかけても振り返ってもらえないと感じました。いや、振り返ってほしくなかった。蒼の背中に悪魔の目が見えたから。

醜い、醜い、悪魔の顔。蒼を標本にするのに、表裏両面を見ることができるアクリル板ケースはうってつけだと思いました。

そんなことを考えていたばかりに、小屋の中に人がいた時にも放火したことを仄《ほの》めかされたのに、自分の欲望を優先し、通報せずにそのまま家に帰ったことは、申し訳なく思っています。

〈山の家にて〉

父から留美先生はアメリカに戻ることになったと聞いていたけれど、僕は生徒5人にそれを伝えず、「留美先生は夏休み中に退院できるそうだから、山の家で作品を完成させて、展示の準備もして、先生を驚かそう」と言って、みんなを呼び出しました。もともとみんな予定をあけていたので、喜んでやってきました。

キャンプ場のバス停から山の家までは歩いていきました。荷物はけっこうあったものの、アクリル板ケースを運ぶよりはラクでした。

睡眠薬は液体のものをネットで購入し、奮発して買ったメロンを使ったカイピリーニャに混ぜました。みんな、苦みを感じたはずなのに、おいしい、おいしい、と言って飲んでいました。お酒が苦手そうな透も喜んで飲み、お酒が強くて手ごわそうだと思っていた大が一番につぶれたので助かりました。

睡眠薬と一緒に購入していた心不全治療薬でもあるコルホルシンダロパートを全員に注射器で投与して、絶命したことを確認し、標本作製の作業を開始しました。

倉庫にはキッチン用とはまた別に、業務用のような大きな冷蔵庫があったので、遺体はそこに入れて、一体ずつ作品を完成させ、あらかじめ決めていた場所まで運び、写真撮影をしました。

本当は、標本を直《じか》に多くの人に見てもらいたかったけれど、僕の目には蝶に見えても、実際には人間で、腐敗が始まった姿はただ醜いだけだったので、撮影後は遺体を花畑に埋めました。

僕の第三の目が明くきっかけとなった場所、そこが埋葬するに一番ふさわしいと感じたからです。

以下、作品の写真を添付します。

〈総括〉

肝心な標本の作り方が書かれていない、と思うかもしれません。その場合、このレポートのそもそもの読み方が間違っています。

自由研究のテーマは「人間標本の作り方」ではありません。

平凡な中学2年生の男子が、いかにして「人間標本」という僕以外の多くの人にとっておそろしいものを作製しようと思い至り、決断したかという、心の流れがテーマであり、僕自身を観察したものなのです。

〈謝辞、改め、おわび〉

お父さん、ごめんなさい。

独房にて

長い裁判が終わり、死刑判決が出た。控訴はしない。

榊史朗の呼び名は、「蝶《ちょう》博士」から「猟奇的殺人者」となった。

これでよかったんだよな……。

私は灰色の天井を見上げる。何度も繰り返したこの問いかけは、いったい、誰に向けているのだろう。私自身、妻、両親、それとも、至にか——。


山の家から、絵画合宿に参加した少年たちをそれぞれの家に送り届けた翌日、留美ちゃんの容体を案じながらも、当初の予定に三日間を追加して、蝶の観測に出かけることにした。夏休みの予定が急遽《きゅうきょ》中止となった至を、家で一人、留守番させるのは気が引けたが、連れていくことはできない。

日本では九州南部までしか観測されていないシロオビアゲハが東北地方の山奥で見られた、という情報を信頼できる筋から入手し、それを確認する極秘観測のため、息子とはいえ、同行させることはできなかったのだ。

ただの蝶の観察ではない。世界の気候変動、地球上の新たなる生態系への推移、大切なデータとなる観測だ。位置情報を把握されないよう、普段使用しているスマートフォンは自宅に残し、山での遭難対策用としてレンタルスマホを携帯した。移動手段も派手な自動車ではなく、すべて公共の交通機関を利用する。

「ヘルパーさんなしでも留守番くらいできるよ。せっかくだから、留美先生の合宿の課題を家でやってみようかな」

笑顔でそう言い、玄関まで見送ってくれた至に、私は山の家の鍵《かぎ》を預けた。

「いい案だな。羽目を外さないなら、あの子たちを誘って山の家に行ってもいいいんじゃないか。それぞれが作品を仕上げたら、留美ちゃんも喜ぶかもしれない」

余計な助言をしなければ、いや、鍵さえ渡さなければ、至の「自由研究」も危うい夢想で終わったのだろうか……。

一〇日間、山の中をさまよい、ヘトヘトに疲れ果て、夕方過ぎに自宅に着いた。至とステーキでも食べに行こうか、と玄関ドアを開けると、黒いエプロン姿の至が出てきた。

「おかえりなさい。連絡くれたのより早かったね。夕飯の準備をしていたんだ」

絵画用、写真の現像用、料理用、用途は様々で清潔さは疑問だが、今日は料理用か、と気持ちが和んだ。

「乗り継ぎがスムーズにいったからな」

「蝶は？」

「空振りだ」

私は首を横に振りながら答えた。

「そっか、お疲れさま。すき焼きの材料を買ってるよ」

「ちょうど、肉を食べたいと思ってたところだ。でも、どうしてすき焼きなんだ？」

我が家では冬のメニューだった。

「合宿の自己紹介で、好きな食べ物は父の作るすき焼きです、って答えた時から、ずっと食べたくなってたから」

「なるほど、そう言われちゃ、あとは父さんが腕を振るうしかないな」

蝶の観測が成功でも失敗でも、至は私を労《ねぎら》う用意をしてくれていたのだ。

二人で生きていくことになり、幼い息子の手を引いてやっているつもりが、いつの間にか背中を押されていた。この時も、自分の疲れた顔は隠して。

心優しい私の息子……。

上がり框《がまち》に腰掛けて運動靴を脱いでいると、至のスニーカーが目についた。汚れているな、と思ったが、自分の足元を見て口に出すのをやめた。

訊《き》けば、何と答えただろう……。

わりしたを使わず、醤油《しょうゆ》と砂糖と酒のみで味付けするすき焼きを、私はたらふく食べたが至はほとんど口にしなかった。

「どこか具合でも悪いのか？」

「熱中症かな。自由研究をがんばりすぎたかも。そうだ、僕、明日から五日間、塾の合宿に行くから」

至は普段、学習塾にも通っていた。

「残りの夏休みを、塾に費やすなんてもったいなくないか？」

「宿題を終わらせるためだよ。授業はなくて、自分で持ちこんだ課題をひたすら片付けていくんだ」

至は笑顔で話していたが、顔色は青白く、目はやや充血していた。

「家で休んでいた方がいいんじゃないか。宿題なんかやらなくていいんだぞ」

「先生をしている人が、それを言っちゃダメだよ。そうだ、おいしそうなメロンを売ってたから買っちゃったんだ。ちょっと高かったけど、いいよね？」

肩をすくめる至に、親指をたてて笑ってみせた。

すき焼きを片付け、半分に切って種を除いたメロンを互いの前に置き、向き合った。

「いいの？　こんな贅沢《ぜいたく》な食べ方しちゃって」

「留守番のご褒美だ」

そう言うと、至はメロンをジッと眺め、スプーンを手に取って大きく掬《すく》うと、口よりも大きな塊を頬張った。変声期を迎えたばかりののどがゴクリと動く。

「おいしすぎて涙が出ちゃったよ」

至は手の甲でぐっと目をこすったが、二口目を食べようとはしなかった。私は自分用にウイスキーを炭酸水で割り、至用に残った炭酸水をグラスに注いだ。

親子、いや、男同士で語り合う、と感じられるようになった夜のために。

「自由研究は何をやったんだ？」

「蝶の標本……」

聞き取れるかどうかの小さな声だったが、至が私の想像以上に蝶に興味を持っていることに胸が弾んだ。

「どこで、いや、何の、いや、そもそも」

「いいよ、僕のことなんて。恥ずかしいよ。それより、お父さんは今回、どの蝶が目的だったの？　訊いてもいいならだけど」

「シロオビアゲハだ」

私は自室に戻り、シロオビアゲハの標本を壁から外した。壁面に違和感を覚えたが、そのまま至のいるリビングに戻った。

「これか。帯状の白斑《はくはん》がきれいだよね。ミカンやレモンが好きなんだっけ？」

「詳しいな」

心底驚いて目を合わせると、まあね、と笑って至は肩をすくめた。そして、こんな質問を投げてきた。

「お父さんは自分を蝶にたとえたら、何だと思う？」

そんなたとえをしたことがなかった。いや、一度だけあったか。妻に結婚を申し込む際、きみは僕のミヤマシロチョウだ、と言ったことが。おそらく、ニヤニヤしていたのであろう私の顔を至が訝《いぶか》しげに見ていたので、そのエピソードを話した。

「お母さんはなんて？」

具合の悪そうな顔もこの時ばかりは、パッと輝いた。

「ポカンとしていた。同じ大学の事務員をしていたからね。提出物の期限を守らない父さんを、初めは注意しに来ていたのに、だんだん、おにぎりや弁当を作って持ってきてくれるようになって。プロポーズも研究室でしたから、すぐに標本を見せたんだ」

「そうしたら？」

「地味ですね、って、がっかりしてた」

「絶滅危惧《きぐ》種だって知らなかったんだね。お父さんとしては、探し求めていた人をやっと見つけた、って意味だったんでしょ」

その通りだったので、頭をかくしかなかった。

「じゃあ、僕はアゲハとミヤマシロチョウの子なんだね」

「どうして、父さんはアゲハなんだ？　あれ、同じようなことを最近言った気がするな」

「留美先生だよ。でも、僕もそう思ってた。蝶といえば、アゲハチョウ。蝶といえば、榊史朗。だよね？　おまけに目を持ってる」

胸の内をくすぐられるような気分だった。

「それで、どの蝶が生まれたんだ？」

「マエモンジャコウアゲハかな」

予想していた答えと違った。

「ブラジルで初めてつかまえた、ベニモンクロアゲハじゃないのか？」

「自分をたとえるのと、好きはまた違うよ。好きなら、今はクロアゲハだし。まあ、残念ながら僕にもけっこう毒があるってこと」

至はいたずらがみつかった子どものように上目遣いに笑った。ゾクリとするような美しい顔が一瞬、悪魔めいて見え、心臓をギュッと握られたような気分になった。

クロアゲハのようだ。何万色の色に包まれても、その姿を凛《りん》と保つことができる色。しかし、目には何万色もの色を捉《とら》えている。至高の存在。

息子に初めて重なる蝶の姿。

「ほう、中二らしくとがってきたじゃないか。正しく成長している証拠だ」

怖気《おじけ》づいたのを隠すため、虚勢をはってしまったが、その毒とは何かを問うていれば、至は何か打ち明けてくれただろうか……。

「よく言うよ。僕が初めて道を踏み外したのは、お父さんのせいでもあるんだからね」

悪魔の気配は消えていた。そして、至は二年前の夏に訪れたブラジルで、うっかり酒を飲んでしまったことを懐かしそうに話しはじめた。

その時の光景が、頭の中に動画を再生するように現れた。

リオデジャネイロ。季節が逆とはいえ、太陽の光が降り注ぐ街では、日中、半袖《はんそで》で過ごすことができた。防犯対策など意識しなくとも、よれたポロシャツに綿のパンツは私の定番スタイルで、至は地元のサッカーチームのTシャツと半ズボンという、これまた現地の子どもと同じような恰好《かっこう》をしていた。

三つの車両が連結した長いバス、切り立つ斜面、ロープウェイ、青い海、丸いパンにたとえられるかわいらしい島。

――父さんが山の家に住んでいた頃、小学校の同級生が、ここをまっすぐ掘るとブラジルにつながると言い出して、みんなで校庭を掘って先生に怒られたことがあるんだ。

サル、展望台、カウンターに色とりどりの果物を並べた屋台、オレンジ、パッションフルーツ、パイナップル、日本のものより小さなリンゴ。

シェイカーを振る陽気そうな店員、大きな透明カップいっぱいに注がれたオレンジ色の液体。炭酸の泡。

顔をしかめる至、カシャッサのボトル、カイピリーニャ。

――もう少し飲んじゃダメ？

――あと五口ならいいぞ。母さんがここにいたら怒られるかな、いや、一〇口にしてあげなさいよ、なんて言ったかも。

楽しかった思い出、戻らない日……。

疲れた体に酒を入れたこともあり、しばし、ぼんやりしてしまったようだ。気付くと、至が私をまっすぐ見つめていた。何か重大な秘密を打ち明けるような目をして。しかし、すぐにクシャッと顔を歪《ゆが》ませた。

「僕さ、二十歳の誕生日に、お父さんとオレンジのカイピリーニャを飲みたいよ」

「いいな、楽しみだ」

重くなった瞼《まぶた》に力を込めることはなかった。頭の中では、至と一緒に乾杯していた。二十歳になった至を思い描いたはずなのに、ただ、今の至がスーツを着ているだけで、無理に想像しなくても、ゆっくりその時を待とう、いや、きっとあっという間だ、などと夢見心地の気分に浸り、そのまま眠りに落ちた。

至の二十歳を祝う席には、私と至の他に、妻の姿もあった。父も、母も、標本を買ってくれた祖父も、留美ちゃんも、杏奈ちゃんも、留美ちゃんの両親も。山の家のリビングで、皆でカイピリーニャを飲んでいた。誰が何のフルーツ味かわからないほど、その画は多彩な色で溢《あふ》れかえっていた。

もしも、目を開けて、至の目の奥に宿るものを感じ取っていたら、あの夜のような夢を見ることができただろうか。人生最後の幸福な夢を……。

翌朝、いってきます、という至の声で目が覚めた。リビングのソファで寝てしまった体の上には、タオルケットがかけられていた。

夢の続きか、と思ってしまったのは、至があのカイピリーニャの日と同じTシャツを着ていたからだ。

「やっとちょうどよくなったよ」

言われて、大人用の一番小さいサイズを買ったことを思い出した。膝丈《ひざ》の半ズボンもあの日と同じ色、黒だった。絵画合宿の時にも使った、大きなリュックサックを背負っていた。

「かなり宿題をためているんだな」

「うん、自由研究しかしてないからね。あと、これ」

至は手に握っていたものをテーブルの上に置いた。山の家の鍵だった。

「じゃあ、いってきます」

反応の鈍い私のペースに合わせることなく、至は背を向け、リビングを出て玄関に向かい、家を出ていった。

無理するなよ、という私の声はきっと届いていなかったに違いない。

家の中はきれいに片付いていた。すき焼きの残りは保存容器に移して冷蔵庫に入れてあったし、メロンも実だけを食べやすい大きさにカットして保存容器に入れ、すき焼きの容器に重ねてあった。食器は洗い終えたものがシンクのカゴに伏せてあり、テーブルの上もきれいにふかれていた。

そこに、前日の違和感が込み上げてきた。疲れが和らいだぶん、すぐにわかった。

壁に取りつけている標本の種類が違う。これまであったものを外して、そこに別の標本をかけている、そんな間違い探しは七カ所。

取り外された標本は、レテノールモルフォ、ヒューイットソンミイロタテハ、アカネシロチョウの表と裏、モンシロチョウ群、オオゴマダラ、マエモンジャコウアゲハ、クロアゲハ。

共通点は思いつかない。希少種というわけでもなく、わざわざ泥棒に入るくらいなら、ネットで購入した方がリスクも低く、驚くほどの金額でもない。

ということは、至だ。自由研究に使用したのだろうか。しかし、既製の標本をいったいどうやって？　まさか、新しい標本ケースに適当に七種類の蝶を見繕って並べ、それを学校の宿題として提出することはないはずだ。

至の自由研究に興味が湧いた。父親として、というより、学者として。学者の私は蝶のこととなれば理性を失う。至の帰りを待てなかった。勝手に私の標本をさわっているのだから、私だって勝手に至の標本を見てもいいはずだ。そんな子どもじみた言い訳を自分にしながら、至の部屋に向かった。

部屋に鍵はつけていない。中学生になった時、ドアに鍵を取り付ける提案をしたが、いらないよ、と却下された。ヘルパーさんにエロ本をみつけられたらどうするんだ？　と冗談めかして訊《たず》ねると、そっち系はスマホもパソコンもあるから、とケロリとした顔で言われた。

家にいないことがわかっているのに、そっと部屋に忍び込み、学習机の前に立った。蓋《ふた》を閉めた状態のノートパソコンが一台あるだけで、標本らしきものは見当たらない。部屋をぐるりと見渡したが、マンガ本もすべて本棚に収められ、紙屑《かみくず》一つ落ちていない部屋にそれらしきものがないことは一目瞭然《りょうぜん》だった。

ベッドの下も、標本どころか、フローリングモップをかけたばかりなのか、ほこり一つ落ちていなかった。

夏休み中はヘルパーを頼んでいないのに、自分でこれだけ片付けられるのか、と妙なところに感心したほどに。

最終的に目に留まったのは、ノートパソコンだった。今時の子の課題は、すべてパソコンで作成される。蝶の標本も、もしかすると本物の蝶ではなく、仮想空間の森（そのようなものがあるのかは定かでないが）で採集した、二次元標本かもしれない。

それはそれで、興味深い。

部屋に入る時よりも一回り大きな罪悪感を抱きながら、ノートパソコンの蓋を開いた。起動させる。しかし、パスワードがわからない。とりあえず、「ＩＴＡＲＵ」と入れてみたが、そんな単純なものではなかったようだ。手当たり次第に試すわけにもいかない。

その時ふと、前夜の会話の一端が思い浮かんだ。

――マエモンジャコウアゲハかな。

取り外された標本の一つではあるが、これは違うだろう、と思いながらローマ字で打ち込んだ。正解、だったようだ。ドキュメントを開き、〈夏休み自由研究「人間標本」〉というファイルをみつけた。

人間、標本？

体型別にどんな服装や髪型が似合うのか調べたのだろうか、蝶との関係は？　そういえば研究室の学生が、蝶柄の洋服をプロデュースした芸能人がいると言っていなかったか。

なんともめでたい想像をしながら、私はそのファイルをクリックして、しまった。

至、なぜ、パスワードを蝶の名前にした。私の知らない言葉にしていれば……。いや、よくぞ蝶の名前にしてくれた、と感謝するべきか。感謝？　文学作品に触れることなく、もともと語彙《ごい》も乏しい私だが、多くの言葉を忘れてしまっているみたいだ。

絶望の波にさらわれて。陳腐だな……。

我に返ると、パソコン画面には蝶が舞っていた。

もともと内蔵されているスクリーンセイバーの画像で、研究室の自分用のパソコンにも同じ設定をしているため、自分がどこにいるのか混乱した。とっさに画面に覆いかぶさったのは、今しがた自分が目にしたものを隠すためで、至の部屋だったことに気付き、シャットダウンしないまま蓋を閉じて、頭を抱えた。

呼吸のしかたがわからない。落ち着け、落ち着け、と自分に言い聞かせた。

今どきは、スマートフォンひとつでどんな画像でも作れるではないか。

仮に、レポートに書いてあったような考えを至が本当に持っていたとしても、実行できるかといえば、また別次元の問題だ。人を殺したいと考えたことのある人間の何パーセントが実行に移しただろう。しかも、遺体を切断するなど、生半可な気持ちでできるものではない。留美先生を驚かせよう、などと言って皆に協力を仰ぎ、死体のフリをしてもらったに違いない。下半身を消すことなど、画像処理としては簡単な作業だろう。

そうだ、至は写真部じゃないか。私の時代とは違い、デジタル処理の仕方も教えてもらい、それで思いついたのかもしれない。合宿中に他のメンバーに学校では写真部に入っていることを話し、どういうことをするんだ？　といった会話の中から、皆で思いついたたちの悪いイタズラなのだ。

そこまで考え、本棚の一番下の段に目を遣《や》った。ぽっかりと空間ができている。普段はそこにカメラを置いてあったはずだ。私が留美ちゃんの父親からプレゼントされた、ライカの一眼レフカメラが。

私はヨロヨロと立ちあがり、暗室へと向かった。息を一気に大きく吸い過ぎてむせこんでしまったのは、現物を目の当たりにしてしまったからだ。カメラではない。自分も会ったことのある五人の少年たちが無残な姿となってアクリル板ケースに収められている写真が、一枚ずつ吊《つ》り下げられていたのだ。

パソコン画面を写したのではなく、こちらが本体でパソコンに取り込んだことがわかるくらいには、私も同じカメラを使いこなしていた。

生きている人間の下半身のないフィルム写真を撮るにはどうすればいい？　鏡か何か使えばいいのか？　両足から力が抜け、その場にへたり込んだ。

誰か、トリックを教えてくれ。研究室にでも写真を持っていけば、なんだ先生すっかり騙《だま》されましたね、などと言ってもらえる可能性もあるが、たとえコラージュ写真でもこんなおぞましいものを他人に見られるわけにはいかない。

どうすればいい。至に電話、いや、そんなことはできない。私に気付かれたとわかったら……、どうするのだろう。

見ちゃったの？　みんなでがんばって作ったんだ。留美先生には内緒だよ。そもそも僕はみんなに絵を完成させようって誘ったんだ。なのに、翔くんがふざけてさ。蒼くんや大くんが、こっちの方がおもしろい、って言い出して、輝くんも透くんも反対しないから。おまけに、首謀者が僕みたいになっていい迷惑だよ。

頭を振った。現実逃避をしている場合ではない。ちゃんとこの目で確認すればいいのだ。山の家に行って。

最低限の持ち物だけで、私は自家用車で山の家に向かった。車体が太陽光を浴びない時間まで待つ余裕はなかった。

途中、深沢蒼の自宅に近い、放火事件のあった河川敷の橋の下に向かった。橋脚に焦げ跡が残っていた。そこから見える範囲内にホームレスの小屋らしきものがあった。ブルーシートは使われていなかった。

石岡翔の家の付近の高架下に寄った。レポートにあった翼竜を描いた壁画があった。近くの自動車修理工場には、なんと、私のと同じ自動車が持ち込まれていた。塗装に関する修理だろうか、と一瞬考えたが、どうでもいいことだ。

車に戻り、スマートフォンで赤羽輝の動画を探した。妻が独身時代に熱狂し、ライブで花びらを拾った武勇伝を語りながら証拠品を見せてくれた、そのスターの面影をファンでなかった私も感じることができた。

白瀬透の母親の死も、心中未遂事件として小さな記事ではあるが、SNS上で確認することができた。留美ちゃんのセミナーに通った女性の、留美ちゃんを神のように崇《あが》めるコメントを読むことも。

黒岩大の別名、「ビーダブル」も検索した。新しい号が配られないのは、まこるんるんの呪いのせい？　という書き込みとともに、当該の絵の画像も載せられていた。呪いとは？と検索し、まこるんるんが自殺していたことも初めて知った。

ホームレスの小屋の放火事件で、中に人がいたというケースはひと月前に実在した。

運転を再開し、森を切り開いて造られた高速道路を走りながら、太陽光パネルも確認できた。すでに二往復しているのに、気に留めたのは初めてだった。生物学者であるにもかかわらず。キャンプ場の横を通過した時は、至がここまで電車とバスを乗り継いでやってきて、山道に向かう姿を想像した。林道に入ると、大きなアクリル板ケースを抱えて歩く少年たちの姿が、私の目にも映ったような気がした。

到着後、車から降りると、玄関には向かわず、裏山に続く道の途中にある花畑の方に足を進めた。さわやかな空気の中に、ふと鼻をつく異臭を感じ、立ち止まった。逃れようもない現実が待っていることは、風が予告している。

逃げるな、と自分に言い聞かせながら鉛のように重く感じる足を、一歩、一歩、と前に出し、かつての夢の国へ到着した。

掘り返されて乾燥した草花がへばりついた、不自然な形の土の盛り上がりが五つあった。

臭いに耐えきれず、息をとめて一番近い盛り上がりに近付いた。口で呼吸しながら、盛り上がりの脇の方の土を掘ってみると……。

青色の人の手らしきものが現れて、私はその場で嘔吐《おうと》した。鼻水と涙も同時にこぼれ、俯《うつむ》いたまま立ちあがると、家に向かって駆け出した。裏口の横に水道があったはずだった。

顔を洗ってうがいをし、呼吸を整えて顔を上げると、倉庫が目に留まった。引き戸をゆっくり開けると、アクリル板ケースが並んでいるのが見えた。ブルーシートをかけられたものもある。シートをめくり、再び息を呑《の》んだ。

極彩色が躍るコンクリートが削られた中に、足の断面らしきものが見えていた。

感覚が麻痺《まひ》しはじめたのか、吐き気は込み上げてこなかった。

倉庫を出ると、焼却炉を覗《のぞ》いた。灰の中に、ワイヤーや杭《くい》のようなものが焼け残っていた。

このまま帰ろうかと思った。これ以上、どんな証拠が必要なのだ、と。それでも家の中に入ったのは、運転できる自信がなかったからだ。カーブを曲がれず谷底に落ちてしまうのではないか。いや、それでもいい。

悪夢から逃れられるのなら。

喉《のど》がカラカラに渇いていたため、まっすぐ台所へ向かった。冷蔵庫を開けるのがおそろしく、水道の蛇口をひねった。顔を近づけて水を飲んだが、腹に水はたまるものの、喉の渇きが癒《い》えた気はしなかった。

ふと、視線をシンクの片隅にとられた。こっちを見ろ、と言わんばかりにそこにあったのは、カラになったカシャッサのボトルだった。

　これに睡眠薬を混ぜたのか。

　酒など、他にいくらでも種類があるのに、なぜ、これを選んだ。購入する時、カイピリーニャを作る時、至の頭の中に私の姿は思い浮かばなかったのだろうか。バカなことはやめろ、とは言わなかったのだろうか。第三の目などいらないのだ、おまえはもう充分に父さんにはもったいないようなすばらしい子なのだ、とは言わなかったのだろうか……。

　ガクリと力が抜け、床についてしまった膝に意識を集中させて立ちあがり、ダイニングテーブルの椅子を一つ引いた。無意識のうちにテーブルを半周していたのは、体がかつての自分の席を憶《おぼ》えていたからか。

　父の席、母の席、息子だった私の席。

　父さん、母さん、僕はどうしたらいい？

　至を自分に置き換え、父と母なら、と考えた。

　父なら、私を連れてさらに山奥へと逃げるかもしれない。私も、この犯行が明るみに出る前に、至を連れて逃亡しようか。アマゾンの奥地はどうだろう。

　逃げおおせたところで、幸せなど待っていない。毎夜、今日も捕まらなかった、と安堵《あんど》の息を吐いて眠り、目が覚めれば、今日こそ警察がここまで来るのでは、という不安を抱く。

　そんな日々でも、私はいい。今日も息子を守ることができた、と不謹慎な昂揚《こうよう》感さえ得てしまうかもしれない。

だが、至はどうか。そんな日々の積み重ねに何の意味がある。己の罪を悔い改め、懺悔《ざんげ》しながら新しい自分を生きようと思うだろうか。

懺悔……。親族という面において、少なくとも、至は白瀬透の祖母には会い、会話もしている。カステラはお好き？　と優しく問う笑顔は、私の脳裏にも焼き付いている。今頃はまだ、山の家で絵を描いていると思っているはずだ。ちゃんと食事をとっているか、風邪などひいていないか、などと案じているかもしれない。あの笑顔が悲しみに打ちひしがれた表情へ変わる瞬間など、想像しただけで、胸が押しつぶされそうになった。

母なら、一緒に警察へ行こう、と言うのではないか。凶悪犯罪ではあるが、年齢や精神鑑定の結果が考慮され、死刑を免れることができたら、遺族に謝罪行為をしながら息子の帰りを待ち、世間から投げつけられる石を一緒に受けながら、いや、息子を守る盾となりながら、最後の日まで寄り添い続けてくれるのでは……。

私もそうしよう。至が自首することを拒み、一緒に逃げてほしいと乞《こ》うたとしても、一生守り続けることを約束し、説得するのだ。

すべてを受け止める。自分に言い聞かせて、冷蔵庫を開けた。おぞましいものは何もなかった。マンゴー風味の野菜ジュースと、ハム入りの丸いコッペパン〈ハムロール〉のパッケージ。五個入りだが、二つしか残っていない。どちらも、我が家の冷蔵庫に欠かせない、至の朝食セットだ。

アクリル板ケースは洗って倉庫に戻しているのに、飲みかけや食べかけのものは置き去りにしているのか。そんな犯罪の隠ぺいに加担している最中のようなことを思いながら、パンの袋を取り出したが、製造日に目を遣ると、今日のものだった。

塾の合宿ではなかったのか？　まさか、この家の中にいる？　何のために？

スマートフォンで電話をかけてみようとしたが、山の家ではつながらない。キャンプ場まで下りることも考えたが、それよりも、とアトリエに向かった。

ドアを開けると、タイムスリップしたかのような錯覚を起こした。留美ちゃんは、アトリエには手を入れていなかった。

わずかに漂う腐臭に、片手で顔の下半分を覆いながらゆっくりと中に入ると、奥の壁際に絵が立てかけられているのが見えた。離れた位置からでも息をのむ。臭いが体内に入り込むことなど忘れ、目をこらして、吐き出した息をもう一度大きく吸った。一歩、一歩と絵に近付くごとに、魂を吸い取られていくような感覚に包まれた。

裏山に続く道の途中にある花畑。それが、蝶の目で描かれていた。

蝶の王国だ！　ずっと焦がれていた。研究を積み重ねても、特殊な眼鏡を作っても、再現しきることができなかった世界。

もちろん、一〇〇パーセント正確なわけではない。答えは蝶のみぞ知る世界だ。だが、私はこれが正解なのだと感じた。理屈を取り除いた、私の中にまだほんのわずかに残っていたことにも気付けなかった、少年の頃の心で。

作者は当然、至だ。父の孫であり、私の息子である、至にしかこの世界を描き出すことはできない。

奇妙な標本など作らなくとも、おまえの才能は、唯一無二のものなのに……。

これ以上絵に心を囚《とら》われるのがおそろしく、背を向けるように、反対側の壁に向かい、窓際の書き物机に両手をついて体を支えた。父と標本を作った机だ。

片隅に、ライカの一眼レフカメラが置いてあり、その下に、レポート用紙があった。見覚えのある文字。しかし、いつも罫線《けいせん》がなくとも整った形がまっすぐ並んでいるのに、そこにあるのは、叫び、もしくは血しぶきを思わせる、書き殴られた文字だった。

『標本は完成したはずなのに、興奮と衝動を抑えることができない。日ごと、周囲にいる人間が蝶に見えていく。採集したくてたまらない。標本にしたくてたまらない。だが、いつか逮捕されてしまうだろう。時間は限られている。ならば次は、一之瀬杏奈だ』

机の引き出しをあけると、画用紙が一枚入っていた。

標本のデザイン案らしきものがラフ画として鉛筆描きされているが、花畑のような場所に美しい供物を捧《ささ》げるかのように、右足を切断され、体の中心を楔《くさび》に貫かれた黒い蝶の姿が、杏奈ちゃんであることは一目瞭然だった。

早鐘を打つ心臓をシャツの上から強く押さえ、浅い呼吸を繰り返しながら息を整えた。

一段下の引き出しには、睡眠薬とコルホルシンダロパートの瓶と注射器の入ったケースが、もう一段下の引き出しには、オスのマエモンジャコウアゲハとメスのクロアゲハの標本があった。

至がマエモンジャコウアゲハ、杏奈ちゃんがクロアゲハ、ということだろうか。好きなのは、クロアゲハ。おまえは、恋をした相手でさえも標本にしたいと思うのか。好きになったからこそ、その衝動が込み上げてきたのか。

ならばこの先、至は大切な人から標本にしていくということか。

自首したところで、世に出れば、再び人殺しになるということか。

ハッとして、絵を振り返った。めずらしい、正方形の特大カンバスは、アクリル板ケースのサイズとほぼ同じではないか。このすばらしい絵は、標本のために描かれたということか。

そういう時だけ、第三の目とやらが開かれ、才能が溢れ出すのか。

生き物を、命あるまま、臓器を含め、その形を変えることなく、矯正することなど不可能だ。少なくとも、日本においては。悪魔でも、人の形をしていれば、「人権」という免罪符が与えられるこの国では……。

私は自らの行動だけで一件でも阻止することができるのか。カシャッサを殺人の道具にした至に、私の声を届ける自信はない。毒蝶から毒を抜くのは不可能だ。

腕を切り落とせば、目を塞《ふさ》げば……、それはもう、至ではない。私ではなく、彼がそう感じるはずだ。ぼんやりと靄《もや》がかかりそうな頭を強く横に振った。両手で頰を叩《たた》いた。

レポート用紙に書かれているのは、それだけではなかった。

『8／25』

日付、だとしたら、明後日《あさって》だ。杏奈ちゃんは留美ちゃんと一緒にアメリカに行ったはずだが、帰国するのか？　確認しようにも、私は杏奈ちゃんの連絡先を知らない。留美ちゃんが搬送された病院で杏奈ちゃんの連絡先を訊ねると、至くんに伝えてあるので、と言われた。

留美ちゃんに……。杏奈ちゃんの帰国を止めたところで何になる。予定が延期されたところで、今度は私が気付けない日に設定されては、阻止することはできない。

どうすれば……。

下半身の力が抜け、まったく立てなくなってしまう前に、アトリエを後にした。つかの間の休息を求めてリビングに入ると、微笑む佐和子さんが私を迎えてくれた。肖像画と正面から向かい合えるソファに深く腰掛け、再び、佐和子さんと目を合わせた。

お久しぶりです、とでも言うように。しかし、この絵の佐和子さんと私は会ったことがない。至が書いていた、留美ちゃんの言葉を思い出した。

――一緒に過ごした健康な時の姿ではあるけれど、榊画伯はそれを過去の姿として捉えていない。

目を閉じれば、至の姿が頭の中に浮かぶ。一緒にブラジルに行った時の姿でもあるし、もっと幼い頃のようにも見えるし、だが、今日の朝の姿のようにも思える。あれはまだ、今日のことなのか。おそろしい手記を読む前に見た、息子の姿。

頭の中の幸福な写真が何重にも重なってできた、私の中に存在する至。

遺体をみつけ、さらに次の犯行を企てていることを知っても、その顔に狂気が重なることはない。たとえ、犯行現場を目撃し、瞬間的に頭の中全体に悪魔の表情が焼き付けられても、おそらく目を閉じて最初に現れるのは、今、見えているのと同じ姿に違いない。

父の目に、佐和子さんがずっとこの姿で映っていたように。

その姿は、写真では残せない。

私に父と同じ才能があれば、絵に描いて残せるのに。至が穢《けが》れのない、心優しい、才能に満ち溢れた美しい少年だった証《あかし》を残して、二人で死ぬことができるのに。

天から急遽、そんな才能が降り注ぐはずはないのに、私は窓の外を見た。夜はまだ訪れそうにないが、空に夕方の色が漂い始めるのを感じた。

室内に戻した視線は佐和子さんを避け、部屋の奥、暖炉のある壁際に向かった。

そこには、私の作った標本があった。まるで、あの日、額装されたものを父から受け取り、皆のいる、その場で飾ったかのように。

おかえり、と、ここで待ちわびてくれていたかのように。

至の絵を目にした後では、まったくお粗末なものであるとしか言えない。それでも、あの標本の向こう側に広がるのが私にとっての蝶の王国であり、額縁がその窓であることには変わりなかった。

このまま、蝶の王国に行ってしまえれば、どんなにいいだろう。至も一緒に連れていくことができたら。

蝶は蝶を裁かない。人間の少年たちを殺して標本にしたのは、人間の至だ。少年たちは蝶になった。蝶は蝶を殺さない。

その瞬間、私の脳天を突き破り、体の中心を貫いた、あの感覚は何だったのだろう。「天啓」とはまさにそれを言い表す言葉なのか。

人間標本――。

至は蝶になればいい。人間の時の業はすべて私が請け負って、穢れのない姿で王国へと旅立たせるのだ。

人間の、親として。それが正しい答えでないことがわかっていても、私にはもう、他の答えを考えることはできなかった。


その日のうちに、山の家を出て、自宅に戻った。

二五日を午前0時からだと考えると、その瞬間に何か起きても間に合うよう、遅くとも前日の夜、すなわち、明日の夜までには山の家に行き、待機しておいた方がいい。

自宅に至が戻ってきた気配はなかった。

『宿題、はかどっているか？』

メッセージを送った。すぐに返信が届く。

『いい調子』

ピースサインをしたツキノワグマのキャラクタースタンプも続けて送られてきた。

至が塾の合宿に参加していないことは、塾に電話をし、確認済みだった。本当は、どこで何をしているのか。返信がすぐにあったことから、山の家にはいないということだ。もしかして、空港で杏奈ちゃんを待っているのか。

実際は……、この時、至がキャンプ場のバンガローにいたことを、裁判中に知った。そこから、留美ちゃん宛に荷物を送ったということも。

――いきなり、アメリカだし、サイズも大きいしで、運送会社に電話して確認したり、梱《こん》包《ぽう》も丈夫にしなきゃだったり、大変だったのでよく憶えています。

そうキャンプ場の管理人が証言するのを、表情が変化しないよう顔に力を込めながら聞いていた。

警察の調べにより、至が送ったのは、杏奈ちゃんの肖像画だということがわかった。まさか、本当に留美ちゃんからの課題の絵を描いていたとは。おそらく、山の家で大半を描き、私が蝶の観測から帰るであろう辺りから、連絡がつくようにするため、バンガローに移動していたのだろう。

留美ちゃんに、後継者候補として、課題を仕上げたことを律儀に伝えたかったのか。ライバルたち亡き後でも、選ばれたかったのだろうか。それとも、杏奈ちゃんを標本にすることを、留美ちゃんには申し訳ないという気持ちがあり、代わりとなるものを描いて送ることにしたのか。

至を標本にする準備が整うまで、私が至にそうするよう指示した、という供述は、疑われることなく受け入れられた。

至にそれ以上の連絡はしなかった。食欲もなく、冷えたミネラルウォーターだけを飲んでから風呂《ふろ》に入り、念入りに体を洗うと、泥のように眠った。

日の出とともに目が覚めたものの、二、三やりたいことがあり、それをおこなうには、まだ数時間待たなければならない。ベッドに横たわったまま、白い天井を見つめた。

至が二五日中に山の家に訪れなかった場合……。

杏奈ちゃんを標本にすることができたとわかった場合……。

至を標本にし、私が罪をすべてかぶることを、理性で断念することが決意した。ならば、至がこれ以上の罪を犯さないのであれば、私が罪をかぶることはそのままに、至を逃せばよいのではないか。

アマゾンの奥地の小さな村に住む知り合いに、私が起こした事件による誹謗《ひぼう》中傷から息子を守りたいという手紙を書き、至にそれを持たせて送り出せば、きっと保護してくれるはずだ。私の死刑が執行された後、至は日本に帰り、新しい人生を送ればいい。

ベッドから起き出し、パソコンを起動させると、八月二七日、羽田《はねだ》発、ドバイ経由、リオデジャネイロ行きの航空券を、至の名義で一枚予約した。

裁判中、これの目的を訊かれ、二学期から至が登校しないことを学校側から問われた際に、家族同然の知人の危篤の報があり、自分の代わりに至を行かせた、と答えるためのアリバイ工作だった、と供述した。

ならば、アメリカではないのか。なぜ、ブラジルなのか。自分が逃亡するために、息子の名前で予約を入れて、直前にキャンセルして、席を確保しようという魂胆だったのではないか。そう言われ、そちらの方がしっくりくる嘘だな、などと思いながら、そうかもしれません、と答えてみた。

どちらにせよ、キャンセルの連絡を入れないまま使用されずに終わった航空券を、至の逃亡用とは、本人亡き後、推測されるはずがない。

そうして、至が再び家に戻ってくることを願っていた。

食欲はなかったが、冷蔵庫を開け、どちらも未開封の野菜ジュースとハムロールには手を付けず、すき焼きとメロンの残りを、口の中に押し込むようにして食べた。

清潔なシャツとズボンを身に着け、ささやかな妻の仏壇に手を合わせると、頼む、と自然と言葉がこぼれた。何をどう具体的に頼みたかったのかは、思い出せない。多分、その時も具体的に言い表すことはできなかっただろう。

荷物を用意し、まず、理容室に向かった。その後、いくつかの買い物をして山の家に向かうと、到着したのは日暮れ前となっていた。

車を降りた私の足を凍りつかせたのは、家の中から漂ってくる匂いだった。

香ばしい、カレーの匂い。

杏奈ちゃんが帰ってきたのか。急いで玄関前に立ち、ズボンのポケットから鍵を取り出そうとする手を握りしめ、ドアを強く叩いた。中から足音が聞こえ、ドアが開き、笑顔をのぞかせたのは……。

至だった。

「あっ、お父さん。どうしたの?」

私を見ても、たいして驚きもしていない。

「留美ちゃんに、頼まれたことがあって、な。至は？」

「やっぱり一人で課題を仕上げたくて、ここに来たんだ」

「鍵は？」

「ゴメン、合い鍵を作ってた」

至はいたずらっ子のように肩をすくめた。そして、自宅に客を招くように上がり框にスリッパを並べ、私を中へと促した。

「カレーを作ったんだ。一緒に食べようよ」

台所に向かう至の後ろを、言われるままついていった。

「他にも誰か来るのか？」

「今日は、誰も」

明日は誰が来るんだ？　とは訊かなかった。

妻の死後、まだ幼い至が私に初めて作ってくれたメニューも、カレーだった。切り落とした皮の方が分厚かったじゃがいもも、すぐに薄くむけるようになった。甘口のルーが、小学校高学年で中辛になり、中学生で辛口になった。

食器は留美ちゃんが揃えたであろうものを使用していたため、余所《よそ》の家のカレーのような気分でひとさじ掬ったが、口に入れると、よく知っている味が広がった。

込み上げてきた涙を、スプーンを持っていない方の手の甲で拭《ぬぐ》った。

「辛かった？　いつもと同じルーなんだけど」

至はペットボトル入りのミネラルウォーターをグラスに注ぎたしてくれた。

「夏バテかもしれないな」

足元に置いていたカバンからタオルを取り出し、汗を拭《ふ》くふりをしながら、涙をすべて拭い去った。

二人で後片付けを終えると、私は、アトリエに行こう、と至を誘った。いいよ、と平然とした表情で答え、至は私の後ろをついてきた。

カバンを持って中に入ると、一日前と同じ場所に絵は置かれたままだった。鼻が慣れてしまったのか、臭いはもう気にならなかった。

「すばらしい出来だ」

カバンを置いて、至の頭に手のひらを乗せると、至は目を輝かせて私の方を見た。背丈も追いつかれてしまっていたことに気が付いた。これからさらに、と想像するのをかき消すために、絵に視線を戻した。

「蝶の目の見え方、これで合ってる？」

「合ってるも何も、こう見えるんだっていう正解を教えてもらった気分だ。父さんは想像はできても、それを目に見える形で正確に表現することはできない。だから、頭の中に浮かんでいるものを、俯瞰《ふかん》してすみずみまで眺めることができない。この絵は、父さんが想像している以上の色が溢れた世界で、長年の夢がようやく叶《かな》ったよ」

「おじいちゃんの孫で、お父さんの子どもで、よかったよ、僕。ところで……、この絵がここにあることを知ってたの？」

「実は、昨日もここに来たんだ」

「そうか、入れ違いだったんだね。僕は他の場所でちょっと用事があったから」

至がそっと書き物机に視線を遣ったことに気が付いた。あちらも見られただろうかと気にしているのかもしれない。

「ここにカメラを持ってきていたんだな。……なあ、至」

至が私を見た。目に不安そうな色が浮かんで見えたのは気のせいか。

「写真を撮らないか。この絵をバックに。服も買ってきたんだ」

私はカバンから、昼間に買ったスーツの袋を取り出した。至の部屋から学校の制服を持ち出し、サイズを合わせてもらった。シャツもネクタイも、靴下も靴も揃っている。

「大荷物だなと思ったけど、僕の服だったの？」

「まあ、いいから。リビングで着替えてこい」

私の言葉に、至は素直に従った。至が出ていっている間に、私もシャツの第一ボタンをとめ、自宅から持ってきていたジャケットを羽織り、ネクタイを締めた。ネクタイは数年前にゼミの学生たちがプレゼントしてくれた、アゲハチョウの色合いを思わせる光沢のあるデザインだ。スリッパを革靴に履き替える。

書き物机のところに行き、引き出しから必要なものを取ってポケットに入れると、カメラを三脚に付けて、絵の前に設置した。

恥ずかしそうにアトリエに入ってきた至を見て、私は息を呑んだ。

黒いスーツが優雅で繊細なラインを描き、その上に涼しげな美しい顔があった。シャツは白、ネクタイは薄紅色が基調になっている幾何学模様のデザインにした。

少し歪んでいる結び目を整えてやる。

「この大人っぽい薄紅色は、ベニモンクロアゲハ？　マエモンジャコウアゲハ？」

照れたように訊かれたが、蝶を意識して選んだわけではなかった。私の中の至はクロアゲハだから、蝶を意識していたら、シャツは黒、ネクタイは赤色のものにしたはずだ。だけど、なんとなく、この組み合わせが好きそうだな、と薄紅色を手に取ってみた。

「よく似合ってるから、どっちでもいいじゃないか。さあ、ここに並ぼう」

絵の前に先に立ち、至を手招きした。花畑に誘うように。新しい革靴に、慣れない恰好をしているはずなのに、至は足取り軽くやってきた。

私の横に立ち、蝶が翅《はね》を休めるかのように、片手をちょんと私の肩に置いた。

「そのポーズは親の方がするものじゃないのか」

「そうなの？　まあ、いいじゃん」

至が笑った。肩から一度、手が離れるのを惜しみながら私はタイマー設定したシャッターを押しに行き、小走りで戻った。再び、肩に手の感触を覚え、シャッターの音を心地よくとらえた。

次は私が至の肩に手を乗せた。二人とも腕を組んだポーズや、直立したポーズなど、一枚ずつポーズを変えた。一〇枚撮った最後の一枚、至は「二十歳の成人式みたいだね」と言って、右手でVサイン、左手で丸を作り、両肩の上辺りにそれぞれ掲げた。一緒に写った私の顔が、今にも泣き出しそうなものだったことに気付いたのは、すべてを終えた後、自宅で写真を現像した時だった。

同じフィルムで次に撮ったものは……。

「そうだ、成人式だ」

シャッター音が鳴った後、私は絵の前に立ったまま至に向き直り、そう言った。

「だから、とっておきのものも用意してある。何だと思う？」

「もしかして、カイピリーニャ？」

「当たり。しかも、オレンジだ」

「えっ、本当に飲んでいいの？」

「すばらしい作品のご褒美だ」

「あのさ……、家の暗室に吊るしてた別の作品の写真も見てくれた？」

無邪気な表情に体が震えた。

「蝶が空振りだったから、暗室には行ってないんだ」

「残念。帰ったら、絶対見てね。この絵に負けないくらいの自信作なんだ」

声音も無邪気だった。

「そうだ、カイピリーニャはどこで飲もう？　リビングにするか？」

「そうだね」

「じゃあ、先に行っててくれ。台所で作ってくるよ。しまった、氷を買い忘れた」

ぬるいカイピリーニャなど、不味《まず》くて飲めたものではない。そのうえ、一口飲んだらおかしなものが混ざっていることに気付くのではないか。

「僕が冷凍庫に作ってあるよ」

それは何のためにだ、と、もはや確認する必要はなかった。単に、無邪気に犯行計画を話しだされるのが怖かったからか。

もはや、引けない……。覚悟を決めて、アトリエを出た。

台所で心を無にして、準備してきたものを取り出した。

カシャッサのボトル、炭酸水、オレンジを五個。特大のプラスティックカップに氷を砕いて入れ、シェイカーを振り、オレンジをたっぷり絞ったカイピリーニャを二つ作る。片方は睡眠薬入り。ストローを刺して盆にのせ、至の待つリビングに運んだ。

至は部屋の奥、暖炉の近くに座っていた。蝶の王国の入り口と向かい合う形で。山の家の夜ではあるが、まだ暑さは残っており、ジャケットを脱いで空いたソファの背もたれにかけ、シャツの袖も少しまくり上げている。

私も至の視界から標本を隠さない、斜め隣に腰かけた。

革張りのソファは、昔、この部屋にあったものよりクッションがやわらかく、至のように背もたれによりかかり、沈み込む形で座ると、一分と経たないうちに睡魔に襲われそうで、できるだけ浅めに座った。

低いテーブルに、カイピリーニャを置く。

「わあ、おいしそう」

至が体を起こして声を弾ませた。が、カップに手を伸ばさずに、私の方を見る。その目には、どこか不安そうな色が滲《にじ》んでいた。何か、勘づかれたのか。

「いきなり、二十歳のお祝いみたいなことしてさ、どこか体調が悪いの？」

探っているような言い方ではない。幼い頃から、しんどそうだけど大丈夫？　熱があるんじゃない？　と私の体を私以上に気遣ってくれていた。

「いや、少し疲れてはいるが、本当に、至の絵に心から感動して、何か特別なことをしたいと思っただけなんだ」

「なら、よかった。お父さんには元気で長生きしてもらわなきゃ困るからね。自分用にもこんなに大きなのを作ってるけど、お酒が弱いんだから、無理して飲んじゃダメだよ」

「まったく、外見だけじゃなく、中身まで母さんそっくりになってきたな」

ネクタイをゆるめるフリをしながら、涙を拭った。

「じゃあ、乾杯」

元気よく顔の前にかかげた至のカップに、私も自分のカップを合わせた。ガラスのような澄んだ音はしないが、二つのカップが触れ合った感触はちゃんと手に伝わってきた。互いに一口飲んでカップを置いた。

「リオで飲んだのよりもきついんじゃない？」

至が顔をしかめた。もういらない、と言い出すのではないかと半分焦り、半分、それを望んでいることに気付いた。

私がもっと若く、美しければ、至は標本にしてくれるだろうか。このまま眠り、目が覚めると蝶の王国にいたら、どんなに幸せだろう。

ぼんやりとしている頭を至の声が揺さぶった。……してよ。

「なんだ？」

「もう、お父さん用のも同じ濃さで作っちゃったの？　ダメじゃん。ゆっくりだけど、全部飲みたいから、何か話をしてよ」

二人で過ごす夜、至はこうして私によく話をねだっていた。おとぎ話はほとんど知らない。だが、いつも至は、チョウチョの話がいい、と言う。ならば、と私は張り切って語り聞かせた。そうか、至の蝶の知識の大半は、私の口述によるものかもしれない。

「何の話がいい？」

南米の紛争地帯で蝶を追いかけながらうっかり立ち入り禁止区画に入り、銃を突き付けられたこと……、三回は話しているな。

「この標本を作った時のこと」

至は正面にある蝶の王国の入り口を見上げた。

「そうか、これの話はまだしていなかったな」

私も視線を同じ方に向けた。あの頃の自分に会いにいこう。この標本がおそろしい出来事の引き金になるなど想像もしていなかった、ただひたすら夢中になって蝶を追いかけたあの夏へ……、至を連れていくために。

「小学校一年生の時のことだ……」

額縁の中で古いホームビデオが流れ、それを解説するかのように私は語り聞かせた。

「学校に行くのにそんなに時間がかかったの？」

至は相槌《あいづち》を打ち、カイピリーニャを一口飲む。

「ビー玉はおしゃれだね」

「注射器つきの昆虫採集セットって…」

「そうか、肖像画と標本は同じ頃にできたんだね……」

「図書館か……」

「木箱がもらえてたら、どうなってたかな……………」

「小一で学者か………」

「鳩山堂って、すごい……………」

「留美先生から聞いた場面だ……………」

「ねえ、お父さん……………」

「留美先生が、画家になろうと、決めたのは………………………」

「この標本の、おかげ、なん、だって…………」

カップはとっくにカラになっていて、至の声はそこで途切れた。無垢《むく》な寝顔は新生児室のガラス越しに初めて対面した我が子の寝顔と重なった。

しばらくその顔を眺め、私はそっと上着のポケットから、至が着替えに行っている隙に忍ばせておいた、薬液の瓶と注射器の入ったケースを取り出した。

薬液を注射針で吸い上げる。

至は蝶になるんだ。

震える手を父が支えてくれたような気がした。至の体内にゆっくりと薬液を注ぎ込む。

目が覚めたら、蝶の王国だ。蝶は蝶を殺さない。

蝶が蝶と争わないのは、ライバルの意識がないからだという説がある。

父さんはそれを自分で発見したかったと思ったよ。

そうしたら、おまえに蝶の目の話よりもそれをもっと堂々と話していたはずだ。

どの種もそれぞれにすばらしい特性を持っている。だが、蝶はそれを別の種と比べようと思わない。自らの特性を呼吸のように生かしながら、仲間と集い、伴侶《はんりょ》をみつけ、子孫を残し、最後の日まで美しい世界を舞い続ける。

閉じた至の目から、涙が一筋こぼれた。

至が人間であった証を取り去るように、私はそっと指先でそれを拭った。

これでよかったんだよな……。

立てた両膝に顔を埋《うず》め、声に出してつぶやく。今度は誰に問いかけているのかすぐにわかった。

息子を殺した、私自身にだ。

同じ日に留美ちゃんが亡くなり、その隣に杏奈ちゃんが寄り添っていたことを知ったのは、山の家でのすべてを終えて、自宅に戻ってからだ。パソコンのアドレスに、留美ちゃんの秘書だという人からメールが届いていた。

ならば、実名を出して詳細を記しても怒られないな、と私は同じパソコンで手記を書き始めた。一つの嘘を隠すために必要なのは、他の嘘ではなく、膨大な真実だ。真実の中に嘘を埋め、まる呑みするかのように、私は書いた。

至の罪を背負い、自らの罪も罰してもらえるよう、死刑判決を得るために――。

面会室にて

独房に入った当初は、白い壁に浮かぶ茶色やグレーがかったシミが、蝶《ちょう》になった少年の顔に見えた。悲しげな顔、怒った顔、助けを乞《こ》うような顔。目を逸《そ》らすと、別の少年の顔がある。こちらを嘲《あざけ》るような笑い顔。ただ、夏の一日、青春を謳歌《おうか》しながら笑い合う顔。五人全員、そして、至の顔……。

異常者を演じ切るために謝罪することができなかった、少年たちの遺族の顔も。

だが、そんなふうに見えていた壁がいつしか色鮮やかな世界へと変化していった。視覚など所詮《しょせん》、脳が処理した情報を映し出したものにすぎない。カゴの中で生物として最低限の行為を繰り返す日々を送るうち、人間だった頃の記憶は薄れ、ヒトとして生きていくための視覚は必要ないと脳が判断し、かわりに自分が見たい、快適にこの世を生きていくための映像のみを作り出すようになったのかもしれない。

蝶になれば、人間としての絶望は消える。

白い壁は四季を問わない高山植物の花畑となり、至や少年たちは蝶の姿となって、心地よさそうに私の周囲を飛び回っている。遺族の顔も景色に溶け込み、いつしか消えていた。こちらがおとなしくしていればただそこにいるだけの存在でしかない看守は、夏山におけるクワガタかカブトムシだ。

私が願うのはただ一つ。

この世界で蝶として最後の日を迎えたい。

だが人間との関係が途絶え切ったわけではない。死刑囚と面会するのは難しいにもかかわらず、私の許《もと》にはそれを求める声が、おもに手紙という形で届けられた。

私の書いた『人間標本』を映像化したいという酔狂な提案もあった。

自分も人間が蝶に見えるのだとか、宇宙人に乗っ取られている脳を自分が発明した機械でなら直してやることができるだとか。悪魔に対する怒りの言葉を綴《つづ》った真っ当なものは省かれ、無害な与太話ばかりが検査を通過しているのか。

当然、それらのすべてを断った。人間に会えば、ヒトに戻ってしまう。

それでも今日、面会室に足を運んだのは、それを申し込んだのが、一之瀬杏奈だったからだ。親友の娘。息子が恋心を抱いたかもしれない相手。標本にしようとした人間。それを知らない彼女の瞳《ひとみ》の奥に、至の姿はどう残っているのだろうか。

しかし、そんなノスタルジックな気分で会うことを決めたわけではない。

弁護士事務所の名前が印刷された封筒には、彼女からの手紙と一緒に、ポストカードサイズに印刷された絵が同封されていた。

それを見た瞬間、胸にさざ波が立った。理由がわからぬまま、そこにあることなど忘れていた心臓がバクバクと脈打つのを感じながら、薄く畳まれた便箋《びんせん》を開くと、まさしく絵に関する一文があった。

『大切な絵について、ご報告したいことがあります。ぜひ、面会をご許可ください』

胸をざわつかせる波は、日ごと大きくなっていた。もはや、波から少しでも目を逸らせば、全身を飲み込まれて流されてしまうほどに。

面会室に向かって足を一歩出すごとに、引き返せ、と声が聞こえる。近寄るな、と。ヒトとして、根拠に基づく脳からの警告か。蝶として、自己防衛本能からくる声なのか。

しかし、膨れ上がった波から、もはや逃げることはできない。

標本ケースを思い出させるアクリル板を挟んで、先に座っていた杏奈ちゃんは、黒目がちの目や長い黒髪の印象はそのままに、記憶の中にあるものよりも大人びた顔になっていた。ゴスロリファッション風の、白い襟のついた艶《つや》のある黒いワンピースは、黒であっても喪服とは対極の華やかさを醸し出しており、蝶にたとえるならばやはり、クロアゲハ、と言えなくもない。

「こんにちは、榊のおじさま。合宿の時は『榊さん』でしたが、母と話す時にはこの呼び方だったので、『おじさま』と呼ばせていただきますね」

澄んだ声でそう言って、赤い口紅を引いた美しい顔に優雅な笑みを浮かべた。

「好きなように呼んでくれればいい。お母さんにさらに似てきたね」

黒い服を着ている留美ちゃんを見たことはなかったが。

「二カ月前に、二十歳になりました」

無邪気な口調だった。

二十歳、至が私とオレンジ味のカイピリーニャで乾杯したいと言った年齢。あの時は永遠に訪れない遠い未来のように感じたが、こんなにもあっけない年月だったのか。

「絵について、ということだが」

同封されていた絵を見て生じた波は、一つの仮説となって膨らんだ。しかし、仮説が正しければ、(私が杏奈ちゃんの立場なら)面会は望まない。その矛盾が、愚かな仮説を粉砕してくれるのではないかと、一縷《いちる》の望みをかける自分がいる。

「お祝いの言葉もかけてくれないんですね」

「その類《たぐい》の感情は、もう、私の中に残っていないんだ」

「じゃあ、許してもらえるかしら」

芝居がかった口調は、古い洋画の吹き替えのようだった。本音を見破られない作戦か。いや、この子はアメリカで生まれ育っているのだった。

「話してごらん」

記憶にある方法で笑顔を作ってみたが、うまくできているかどうかはわからない。杏奈ちゃんのホッとした表情は、私の態度に呼応したものでなく、すべて用意してきた台本通り演じているように思える。

「母の遺産はアメリカのもの、日本のもの、すべて私が相続しましたが、成人するまでは父方の叔父《おじ》の管理下に置かれていました。でも、二十歳になったので、自分で判断できるようになりました。そこで、日本にある不動産をすべて売却処分することにして、まずは山の家の解体を決めました。ただでさえ不便な場所なのに、忌まわしい殺人事件の現場となった建物が残っていては、土地を買ってもらえないので」

「解体……」

余計な口は挟まないつもりでいたのに、つい口からこぼれ出た。

「おじさまが子どもの頃に住んでいた家だとは知っています。どんな少年時代を過ごしたのかも。手記を読みましたから。でも、残念がらないでください。六年ぶりに行きましたが、リノベーションしたのが信じられないほどの廃墟《はいきょ》です。肝試しスポットになっていて、より映像ばえさせるためにか、いろんな家具が故意に破壊されていました。おまけに、煙草の不始末でもあったのか、一部、燃えているところまで。おばあさまの肖像画も」

家については何の感情も湧かなかったが、佐和子さんの肖像画が頭の中に蘇《よみがえ》り、炎に蝕《むしば》まれる想像をした瞬間、顔が歪《ゆが》むのを感じた。わずかに聞こえたのは、父の叫びか。

「でも、おじさまが小学生の時に作ったという標本はありませんでした」

「警察が事件に関連する品として持っていったんだろう」

「おじさまが隠したんじゃなかったんですね」

「そんなことはしない……」

その返答に、杏奈ちゃんは口をへの字に曲げた。

「他の絵は隠したのに？」

みつかってしまったのか。解体なら、当然だ。

「『人間標本』に使った絵は全部処分した、といったことを手記に書いていましたよね」

至が五人の標本に使った絵や装飾品を焼却処分したように、私も至の標本に使用した絵を処分するつもりでいた。しかし、あの傑作を燃やしてしまう勇気はなかった。

あれを描くことができる人間は、至、ただ一人。その才能の結晶を、この世から消してしまうことはできない。

標本作製後、絵を使ったことを後悔した。至がそのために描いたものだとしても、それを使うべきではなかった。後に手記に書いた通り、自分にも父から受け継いだ才能があるのだと酔いしれた暗示をかけ、下手な絵を描いて使えばよかったのだ。

そうすれば、父に殺された哀れな少年の遺作として、世の中に発表することができた。至の才能に触れた人たちから、その死を惜しまれることができたのに。

いや、そんなことをしていたら、少年たち五人の標本と至の標本の作製者が違うことに気付かれてしまう。白瀬透用に描いた絵を再現してみろとでも言われたら、一巻の終わりだったはずだ。

私は絵を隠すことにした。死刑の日、教誨師《きょうかい》に標本に使った絵を残してあることを打ち明けるのはどうだろう、などと考え……、ていただろうか。ただ、この絵を燃やすことはできない。その思いしかなかったような気もする。

「アトリエの床下に。わざわざ床板を一部壊して、ビニルシートにきれいに包んで奥の方に入れ、床を修復して隠してありましたね。私一人でみつけたのなら、どこか別の場所に隠し直してから、おじさまに相談することもできたけど、解体業者の人たちも大勢いたので、警察に連絡せざるを得ませんでした。絵には血や体液のような痕《あと》もあったらしく、いくらあの家にあったものだとしても、私に返してもらうことはできなそうです」

無事、保護されたということだ。火事に巻き込まれたり、解体作業時に傷付けられなくてよかった。絵を描いたことになっている私が警察から聞かされていないということは、さほど重要案件でないと判断されたということか。もしこの先、理由を問われることがあっても、気に入っているので燃やすのが惜しかった、とでも答えればいい。

死刑判決を覆すほどの品だと見做《みな》されることはない。

「きみが気にすることじゃない。わざわざ教えてくれてありがとう」

「そう言ってもらえて安心しました。では、これで……」

杏奈ちゃんは椅子から腰を浮かせた。

「ちょっと待って」

本題にまだ何一つ触れていない。「絵」の解釈違いか。

「きみが手紙に同封してくれた絵。これは、どういう意図で……」

私は膝《ひざ》の上に伏せて置いていたポストカードサイズの絵を、杏奈ちゃんから正面に見えるようにして台の上に置いた。

杏奈ちゃんの肖像画だった。黒いワンピース（白い襟付き。裾《すそ》には薄紅色の水玉模様がある）を着た立ち姿の杏奈ちゃんの後ろに、背景を覆い尽くすほどの蝶が飛んでいる。

おそらく、至がアメリカに戻った留美ちゃんに宛てて、キャンプ場から送ったものだ。

「おじさまが私に会うことを前向きに検討してくださるよう、何かプレゼントを同封しようと思ったんです。蝶の本とか、標本とか。いろいろ考えて、至くんが描いた絵がいいんじゃないかな、と。憎くて殺したわけじゃないですし。手記に出てこなかったから、おじさま、ご覧になってないかも、って」

杏奈ちゃんは椅子に座り直すと、ニコッと笑った。スカートのしわを整えている。立った拍子に気付いたが、真っ黒だと思っていたワンピースの裾には、直径五センチほどの薄紅色の水玉模様が並んでいた。肖像画と同じデザインだ。

「きみに送ってもらって、初めて見たよ」

「よかった。自分がモデルなので褒めにくいですけど、ものすごくきれいに描けていますよね。後ろにワンピースとおそろいの素敵な蝶まで飛ばしてくれて。今日のワンピースも、この絵を意識してオーダーしたんですよ」

杏奈ちゃんは立ちあがると、ふわりと一回転し、椅子に座り直した。今なら私にも、その背中にうっすらと翅《はね》が見える。

「よく似合っているよ」

私は一度、目を固く閉じ、ゆっくり開いた。翅はもう消えている。いや、もともと私はそういう目は持っていない。どれほど蝶を知っていても、人間が蝶に見えることはない。ゼミの卒業生に記念品を贈る際にも、参考にするのは、出身地や印象的だった服の色くらいだった。

その目を持っているのは……。

「ところで、きみはこの蝶の名前を知っているかい？」

杏奈ちゃんの背景に描かれた蝶を指さした。

黒い前翅《ぜんし》に白い斑紋《はんもん》、同じく黒い後翅に薄紅色の斑紋が並んでいる。

この蝶が描かれていなければ、絵を見たところで胸にさざ波が立つことはなかったはずだ。その才能と、こんなにも美しく描いた少女を標本にしたいという衝動に駆られる狂気が、混在し、コントロールできなくなってしまった憐《あわ》れな息子を思い出し、まだわずかに残っているヒトの感情で涙を流しただけに違いない。

だが、私は蝶ならどの種であるか判別することができる。学生の下手くそなスケッチでも、その特性が描かれていれば。至の絵なら、間違えるわけがない。

「私はおじさまや……、母ほど蝶に詳しくないので。クロアゲハですか？」

「これは、マエモンジャコウアゲハだ」

「マエモン？　どこかで……。そうだ確か、おじさまが至くんを見立てた蝶が、クロアゲハとその、マエモンなんとかじゃありませんでした？」

「その通り、よく覚えていたね」

「私の名前も出てきた手記ですから。何度も読み返しました」

「その点については、悪かった。生きている人物は、たとえ悪いことをしていなくても仮名にするべきだった。でも、この絵を見て、他にも誤りがあったことに気付いたんだ」

「どこですか？」

杏奈ちゃんの顔から笑みが消えた。

「蝶の見立てだよ。至はマエモンジャコウアゲハでもクロアゲハでもなかった。やはり、ベニモンクロアゲハだったんだ」

杏奈ちゃんの頬から緊張が解けた。拍子抜けしているようにも見える。

「でもそれは、至くんが前に好きだった蝶で、今の自分を蝶にたとえるとマエモンなんとかで、好きなのはクロアゲハだ、って至くん自身が言ったんじゃないですか？」

「本当にしっかり読んでいるんだね。ということは、マエモンジャコウアゲハが有毒だということも知っているね」

杏奈ちゃんは唾《つば》を飲み込んだ。

「至くんの台詞《せりふ》にそういう箇所があったことは覚えています」

「では、ベニモンクロアゲハの特性は知ってるかい？」

「わかりません」

「手記には出てこないからね。なら、擬態、という言葉は？」

「何かのマネをするとか、フリをするって意味ですか？」

「アメリカ暮らしが長いのに、日本語もちゃんと理解しているんだね。擬態は蝶の場合、無毒の蝶が有毒の蝶に姿を似せるという現象が多い。どうして、毒のある蝶に見せかけるんだと思う？」

杏奈ちゃんは少し首を捻《ひね》った。もしここが山の家のリビングで、至も一緒にいたらどんな態度を取るだろう。

お父さん、やめてよ。杏奈ちゃんが困ってるじゃん。頭の中では、至も成人した姿になっていた。私が買った黒いスーツを着て。薄紅色のネクタイが良く似合う。だがその薄紅色は、マエモンジャコウアゲハのものではない。

「鳥とか、自分を食べようと狙っているものから身を守るため、ですか？」

「正解。ベニモンクロアゲハは有毒のマエモンジャコウアゲハに擬態した、無毒の蝶だ。至がベニモンクロアゲハだとしたら、誰に擬態したんだろう」

杏奈ちゃんはアクリル板越しに、自分の肖像画に目をやった。

「私だって言いたいんですか？」

「あくまで仮説として」

二人きりではない。気配を殺して耳をそばだてている看守（今日はヒトの姿だ）に、話を遮られないように進めなければ。

「その場合、なぜ擬態する必要があったのか、教えてくれないか」

「それを知りたいのは、むしろ私の方です」

落ち着いた口調の返事に、目を見開いて杏奈ちゃんを見た。はぐらかそうとしているようには見えない。険しくなった眼光からは、腹を括《くく》った気配さえうかがえる。

「きみが毒蝶であることは認めるのか？　私は死刑を受け入れている。望んでいると言い換えてもいい」

無言のまま、まばたきもせずこちらを見つめるその目には、留美ちゃんと同じ色が映るのか。それについて聞いたことは、一度もない。

白い首がゆっくりと前に傾いた。

仮説が当たっただけなのに、いきなり後頭部を撲《なぐ》られたような衝撃を覚え、目の前が真っ暗になる。そのままでいいから口を動かせ、と脳が命令を出した。

「なぜ」

「後継者になるためです」

徐々に視界が戻っていく。だが、今度は耳が上手《うま》く機能していない。自分の声も杏奈ちゃんの声も、水中で話しているようなくぐもった音で聞こえる。そのせいか、短い言葉にもかかわらず、思考が追いつくのに時間がかかった。

「それは、あの時に留美ちゃんが……」

「すみません、おじさま。日本語で話すのに少し疲れました。単語もところどころ理解できません。事前申告しているので……」

杏奈ちゃんはちらりと看守の方を見た。

『山の家の合宿初日に宣言した、後継者選びです』

英語ではなく、ポルトガル語だった。

『父がブラジル生まれの日系二世なんです。東北地方の山奥の村の出だとか。専門の職員の立ち会いは必要ないと判断されたようなので、このまま続けてもいいですか？』

最後に使ったのはいつだっただろう。耳の奥にたまった水を出すように、手のひらで耳を交互に強く叩《たた》いた。

『理解できるから、続けて』

頭の奥に放置された固まった引き出しをこじ開け、たどたどしいポルトガル語を捻り出した。

『幼い頃から、母に褒められたくて絵を描いたのに、あなたの絵はつまらない、って。幼児教育の教室で「杏奈のギフトは絵の才能よ。さすが留美の娘」と言われたから、あきらめずにがんばって、練習を重ねて、デッサンは私の方が上手になっても、真似してるだけだ、って』

至が三歳になる前からアメリカ式幼児教育の教室に通わせることに、難色を示した私に対して、「親は子どものギフトをみつけ、褒めて伸ばしてやるものだ」とアドバイスしたのは、留美ちゃんではなかったか。

『病気になってからは、看病だけじゃなく、画材の注文など、仕事の手伝いもしていました。突然、日本に行くと言うのにも、ハイスクールを休学して同行したし、絵画教室やセミナーも手伝いました。ゆっくり休んでほしいと頼んでも聞いてもらえないなら、そばで支えるしかありません。でも、それが幸せだった。病気になるまでは留守番ばかりだったから。絵を描きながら待ってるしかなかったから』

杏奈ちゃんの姿を思い浮かべているのに、一人、絵を描く後ろ姿はいつしか至のものに変わっていた。

『合宿をすると言われたのも突然で。日本には、祖父が建てた家があったから、山の家を買っていたことも知りませんでした。でも、おもしろそうで。私も絵を描く準備をしていたのに、杏奈はモデルよ、と言われました。参加者はみんな同い年の男の子たちだから、モデルが杏奈なら喜ぶはずだ、って。お得意のレモネードをふるまってあげて、とか。そういう、避暑地の夏を楽しむだけのイベントだと思っていたのに……』

宣言の場に居合わせた私は、それを受け止めた至を含む少年たちの表情の変化は観察していたが、杏奈ちゃんがどんな顔をしていたのかは憶《おぼ》えていない。おそらく見ていなかったのだろう。後継者は我が子ではないのか？　とも疑問を抱かずに。

せっかく娘が生まれたのに、とも。

同じ宣言がもし、佐和子さんの口から出ていたら、リビングを飛び出して裏山に続く道の途中にある花畑まで走り、血の涙を流して悔しがる留美ちゃんの姿が想像できるのに。

『五人とも男の子。目は持っていない』

『至を含めて六人では？』

杏奈ちゃんは少し眉根《まゆね》を寄せた。

『彼の参加は、母が山の家にあなたを招待するための口実でした。あなたが帰った後、至に審査員として協力してほしいと頼んでいました。その証拠に、山の家の下まで届いたアクリル板ケースは五個で、母は五人に「自分の作品を飾るのだから大切に扱うのよ」と指示して、至は別のものが入った大きな段ボールを運ぶことになりました』

『ちょっと待って』

至の「自由研究」を思い出す。相違を確認したいが、至がそういうものを書いていたことを教えるべきではない。あれはもう、大学の極秘情報と同じ方法で削除した。残っているのは、私の頭の中にだけ。

『理解した。続けて』

『だけど、あなたも知っている通り、母は容体が急変して入院することになりました。体力が残っているうちにアメリカに戻ることが決まり、私はそれをチャンスと捉《とら》えた。席が離れているのをいいことに、母のことは専属の看護師と向こうの空港まで迎えに来てくれる秘書や事務所スタッフに任せて、飛行機には乗らずに、山の家に戻りました。真似じゃない、人間を美しい標本にするという、母が思い付けない究極の作品を作って、私を後継者だと認めさせてやるんだ、と誓って』

眩暈《めまい》をこらえる。杏奈ちゃんの言葉に既視感を覚えるのは、「自由研究」の多くの文章に似た表現があるからだ。

『きみはこのことを至に話して、協力を求めたのか』

個性がない、第三の目など、あれは至自身の声ではなく、杏奈ちゃんの擬態として書いただけなのか。

『いいえ。そもそも、私は至を山の家に呼び出していません。勝手に来たんです。絵を描くために。合宿が中止になった後、五人のうちの何人かに会いに行って刺激を受けたらしく、自分も同じ課題をこなして、後継者候補として留美先生に見てもらうのだと言っていました』

会いに行ったことは事実だったのか。ライバルたちの作品を実際に見るために。絵を描くことに対する気持ちは強く持っていた。やはり、「自由研究」に綴られていたことは、至自身の思いだったに違いない。アクリル板ケースを持ちたかったに違いない。

『至が来たことで、計画を中止しようとは思わなかったのか？』

『困りましたが、中止は考えませんでした。ママを驚かせて喜んでもらうのに協力して、と連絡した五人も同じ日にすでに来ていて、至がライバルになるのはキツイな、とか、じゃあ本気だすか、とか言って盛り上がっていましたし。そのうえ、蒼は塾を休む口実ができたことを喜んでいたし、大なんて、至に教えてもらったカシャッサとメロンを持ってきた、って後継者候補の価値を理解していない、ふざけた態度を取っていたので』

カイピリーニャを用意したのも、至ではなかった……。

『睡眠薬はレモネードに混ぜる予定だったけど、カイピリーニャを利用することにしました。一番手こずりそうな大が真っ先に寝ちゃって、至は「お父さんみたいだ」と笑っていました』

私の顔は、浮かんではいた。

『全員が寝たのを確認して、五人の手足を結束バンドで縛ってから、注射を打って、死んだのを確認して、アトリエに運びました。至がやってきたのは、蒼の胴体に斧《おの》を振り下ろした時です。私が暖炉の中から斧を出している音で目が覚めたらしく、そっと後をつけてきたそうです。私は至を縛らなかったことを後悔しました』

至の受けた衝撃はいかほどのものか。

『彼は腰を抜かして、声も出せず、ただ、口の形は「やめろ」を繰り返していました。注射を打とうかと考えましたが、それはただの殺人です』

杏奈ちゃんは表情を変えることなく「殺人」と口にした。

『五人に対しても、ただの殺人だ』

『ただの殺人が、究極の芸術のための必然な行為となる思考の変化を、「人間標本」に綴っていたじゃないですか。実際には至のしか作ってないのに。画家でもないのに。文章を読んで、私の頭の中はまさにこの状態だったのだと納得し、エスパーじゃないかと、おそろしくなったくらいです』

創作だから、あんな表現ができたのだ。至は蝶になったのだ、と自己暗示にかかった中でも、人間の死体から漂う臭い、皮膚の感触、杭《くい》を打ち込んだ際の衝撃、すべてがまとわりつくように、私の中へ、外へと、しみ込んでいった。それは今でも残っている。

『至は殺さずに縛ることにしました。血の付いた斧を振り上げておどしながら。ガムテープが見当たらなかったので、口はふさげませんでした。標本にはデザイン画があって、それを壁に貼っていたので、私が何をするつもりかバレたようでした。だから、お願いしました。これが終わったら何でも言うことを聞くし、自首もするから、完成した作品の写真をママに送るまでは今見ていることを黙っていてほしい、と』

『至は？』

『泣いていました。だけど、頷《うなず》いてくれました』

杏奈ちゃんの姿に、瞳の中に、至は何を見たのだろう。後継者になりたい、という思いを言葉にされずとも感じ取ったのか。

『至を無視して作業を再開しました。でも、骨って硬いんです。皮膚だって、なかなか切れない。血が付いた斧ではなおさら。蒼のお腹に何度も斧を振り下ろしていると、至の声がしました。やめろ、と大きな声で。蒼がかわいそうだ。力のいる作業は僕がやるから、結束バンドを切ってくれ、って』

捕獲した蝶をカゴから優しく取り出す至の手つきを思い出した。標本にするために翅を傷付けないよう、そうしていたのではない。卓越した洞察力と想像力で、痛みを共感してしまうのだ。

『丸二日かけて作品を完成させ、スマホで撮った写真を母に送るため、キャンプ場に行きました。秘書からのメールが何通も届いていて。どこにいる、留美の容体がさらに悪化しているから、すぐに帰ってこい、と。至も私を見張るためかその場にいて、約束は守るから、と言って、その日のうちに空港まで送ってくれました。ついてきた、ということです。それ以来、彼に会っていません。母が亡くなり、しばらくして肖像画が届き、至に連絡しようと思ったら、見覚えのあるキャンプ場の付近で遺体がみつかったという日本のニュースが流れ……』

杏奈ちゃんは目を閉じて深呼吸をした。ゆっくりと瞼《まぶた》が開く。

「おじさまが出頭したことを知りました。『人間標本』というタイトルの手記を小説投稿サイトに上げていることも。あんなにも詳細な内容を……、なぜ？」

突然の日本語は知らない国の言葉のように聞こえた。

『実は……、至は夏休みの「自由研究」という体裁で、山の家で「人間標本」を自分一人で作ったふうに書いていたんだ。そこに至る心境も詳細に。それを読んだ私は、その内容を信じ込んでいた』

日本語で話せる内容ではない。

『それで至も標本にして、全部自分がやったことにしたんですか？』

『それしか、思いつかなかった』

『至があなたの失敗作とわかったから廃棄した、ってことですよね』

『バカな！　親の責任、いや、愛だ。二人で生きてきたんだ……』

そこに救いや尊さを求めてはならないとわかっていても。

『背景の絵もあなたが？』

「どの立場でたずねている！　おまえのせいだろう！」

声を張り上げた瞬間、プツリと何かが切れた。看守がこちらを見ている。

「申し訳ない。……絵なんて、どうでもいい」

下げたくもない頭が勝手に重くなる。うなだれたまま、背中にドッと巨大な岩がのしかかったように、背筋も伸ばすことができなかった。顔だけを上げる。

美しいサイコパスが優雅な笑みを浮かべている気がしたのに、目の前にあるのは怯《おび》えた顔だった。やめなよ、お父さん。至がいたら両手を広げて私の前に立ちはだかったかもしれない。いや、至がいれば、私は声を荒らげない。

落ち着け。サイコパスという安易な発想にからめ捕られるな。想像だけで完結させるな。目先のものだけを信じるな。それがどれほど愚かなことであるか……。

一之瀬杏奈は、当時一四歳の非力な少女だ。

『どうしてもっと私を責めないんですか。看守がいるから？　あとで訴えるつもりなら、今そうしてください』

『言っただろう、私は死刑になりたいんだ。至の死は、人殺しができる子じゃないと信じ切れなかった私のせいだ。きみには……、憐れみを感じるだけだ』

『どういうことですか？』

『きみもまた、擬態していたんじゃないのか？』

杏奈ちゃんの息をのむ音は耳の奥まで届いた。彼女が隠していることを、打ち明けられるのを待つほど、時間はない。

『一つ作ったからわかる。あの標本は二人がかりとはいえ、入念な準備なしに、二日できるものじゃない。至は「自由研究」に、遺体を冷蔵庫に入れたと書き、肝心な作製過程を省略した。時間をかけて一人で作ったと思わせるためだろう。だから、わざわざ自宅にカメラを取りに行き、フィルム撮影した。どの写真をいつ撮ったかわからせないようにするために。そうなると私も、標本が作られた日がいつなのか、死後硬直のことを考えると、「自由研究」に書かれている順番通りに作られたのかもわからないから、遺体発見後に鑑定された際、手記と相違が生じないように、そこを曖昧《あいまい》にするしかなかった』

『順番はあなたの手記の通りです』

杏奈ちゃんは力なく答えた。

『道具も揃いすぎている。カンバスや模造紙は、既製品としてすぐに購入できるサイズじゃないが、それらは課題用にオーダーしていたと言える。アクリル板ケースもだ。だが、他のものについては絵の展示用の装飾品だったとは考えられない。十字架や楔《くさび》はともかく、蜜蠟《みつろう》シートなんて何に使うんだ。デザイン画があったと言ったが、明らかに標本を作ることを前提に用意されたものたちだ』

『計画はずっと前からしていたんです。デザイン画も描いていました』

『山の家を買っていたことすら知らなかったきみが、お母さんの容体が悪くなったことを機に実行に移そうと決意して、どのタイミングで手配できるんだ』

おかしいと思う点はまだ他にもある。

『ネットで何でも購入できる時代とはいえ、睡眠薬はともかく、中学生がコルホルシンダロパートを簡単に入手できるのか』

至はクレジットカードすら持っていなかった……。

『二日間で背景の絵すべてが描けるのか。石岡翔の背景は、翔をコンクリートに埋めた後で描かなければならないから、きみか至が描いたのだろう。白瀬透に使ったものくらいまでなら、二日で可能かもしれない。だが、黒岩大の絵はどうだ。一、二枚じゃない。一〇枚だ。時間をかけて模写したのでないとすれば、合宿前に大の自宅に模造紙を送り、あの絵を描かせていたのか？　だが、私がキャンプ場でピックアップした際、大は軽装だった。二度目の時に持参したのか？　そもそも、標本の一番上になっていた絵。彼の問題提起リストに、女の子を泣かせない、という項目は存在しないはずだ。それとも、きみがせっせと自宅で描きためていたのか？』

杏奈ちゃんは首すら動かさず、唇をかみしめて私の方を見ていた。

『そうです。それに、冷蔵庫があったので、二日で仕上げる必要もありませんでした』

ため息がこぼれた。なぜ、こうまでして自分が首謀者だと言い続けるのか。彼女を追い詰めるために矛盾点を挙げているのではないのに。

『計画は一人で立てたのかい？』

「はい」

かすれた声の日本語の返事に、杏奈ちゃんの疲弊を感じた。私も日本語で話すことにした。

これだけは正確に伝わるように。

「きみには蝶の知識がまったくない。『人間標本』に使われた蝶の名前を言ってみなさい。その特性も一緒に」

手記を繰り返し読んでいるため、答えられる可能性はある。だが、少なくともマエモンジャコウアゲハは明確には覚えていなかったうえ、一度聞いても、マエモンなんとか、と言っている。

「わかりません」

やっと白旗が揚がった。モンシロチョウくらいなら言えたかもしれないが、後が続かないことであきらめたのだろう。

自宅から消えていた蝶の標本と、「人間標本」に使用されたものが一致していたため、他の可能性を考えることを放棄していた。それどころか、手記でそのことに触れているのに、結び付けて考えられなかった。

「僕は昔、留美ちゃんに蝶の標本をプレゼントしたことがあるんだ」

うつむいた杏奈ちゃんの顔がハッと上がる。

「レテノールモルフォ、ヒューイットソンミイロタテハ、アカネシロチョウ、モンシロチョウ、オオゴマダラ。あと他にもいろいろと」

だが、その中にマエモンジャコウアゲハとクロアゲハはない。

『「人間標本」の作製というおそろしい計画を立て、必要な物を準備し、山の家に少年たちを集めて実行しようとしたのは、留美ちゃん、だね』

杏奈ちゃんの黒目が揺れた。彼女の頭の中の台本はもう使えない。

「そう……、です」

「絵を描きためていたのも」

杏奈ちゃんはうなだれるように頷いた。

「きみはそれを託された」

「はい……」

「いつ、どこで？」

「母が病院に運ばれた日、おじさまが帰った後、病室で二人きりになってから」

有毒のマエモンジャコウアゲハは留美ちゃんで、杏奈ちゃんもまた、ベニモンクロアゲハだったのだ。至は擬態に気付かず、杏奈ちゃんをマエモンジャコウアゲハに見立てて擬態した。私も同じ。至の擬態に気付かず、至がマエモンジャコウアゲハであると疑わず、擬態することを選んだ。

私は至のために。至は杏奈ちゃんのために。杏奈ちゃんは留美ちゃんのために……、なぜ？

「留美ちゃんはきみになんと言ったんだい？」

杏奈ちゃんは私から目を逸らし、虚空を見つめた。まるでそこに留美ちゃんがいるかのように。話してもいいか、と問いかけるように。そして、オッケーの返事を得たかのように小さく頷くと、私の方に向き直った。

『一之瀬留美がギフトを与えられてこの世に生を受け、最後の時まで芸術家として生きた証《あかし》として挑まなければならない作品がある。準備はすべて整えてある。私はもう病院から戻ることはできないはず。託せるのは、杏奈しかいない』

「きみはすぐにイエスと答えたの？」

杏奈ちゃんは激しく首を何度も横に振った。

『人殺しなんてできない、と言いました』

私でも同じことを答えたはずだ。いくら、大切な人からの最後の願いであっても。

いや、最後であっても、我が子にそんなことを託しはしない。

一時的な悪夢に取りつかれていたのだとしても、実行不可能になったことが、神からの啓示だと思えなかったのか。

杏奈ちゃんは断った。それが正しい答えだとはいえ、勇気がいったはずだ。

「留美ちゃんは？」

『日本の法律は未成年者に甘いから、杏奈は必ず無罪になる。そのうえ、選んだのは、死んでもいいくらい悪い子たちや死にたがっている子たちなのだ、と。一人ずつの理由を教えてくれました』

天を仰ぐしかなかった。だが、そこには悪魔がいる。

「きみはそれを至に話した」

『蒼の切断面を蜜蠟シートで処理している時、翔の下半身をコンクリートで固めている時、輝の頸《くび》を斧で切っている時、透の体に和紙を巻きつけている時、大のあそこに針を刺している時、それぞれの話をしました。至が泣いていたから、少しでも気持ちがラクになればと思って』

会うつもりで電話したのは事実だが、放火の現場は目撃していなかったのではないか。杏奈ちゃんも至が五人全員と会ったとは言っていない。

それほど親しくない相手に、酒をこっそり飲んだ話はできても、薬物のことなど打ち明けるはずがない。

再生回数の少ない動画を探すだけならともかく、ダンスに使われている曲からではなく、骨格だけで、自分の知らないスターとどう結びつけられるのだ。

人のいい老人でも、出会ったばかりの孫の友人に、娘の心中未遂話などするだろうか。

ビーダブルファンのおばあさんなど、存在するのか。匿名の時代に、公園で固有名詞を出した具体的な悪口を、炎天下、隣のベンチまで聞こえるような声で話すものなのか。

「至は？」

『黙っていました。その時だけじゃなく、ほとんどずっと。そこを押さえていてとか、蝶の向きが反対だとか、作業に関することを短くは口にしていたけど』

心を殺していたのだ。そこまでしてなぜ。遺体が傷付けられるのを見るのが辛《つら》いなら、逃げることもできたのに。

『きみと至の関係は、どういうものだったんだ？』

やはり、確認しておきたかった。

『どういう、とは？』

『たとえば、至がきみに恋をして、きみも何かしらの行為でそれに応じてやったとか』

仮説の中では、毒蝶に惑わされたのではないかと疑っていた。

『そういうのは、何も。標本が完成したら何でも言うことを聞くって言ったけど、何も求められませんでした。至が何を考えているのかさっぱりわからなかったし、こちらもそれどころではなかった』

『魂をすり減らすような作業の中で、絆《きずな》ができたとは？』

『標本を完成させたかったのは、私だけなので。ただ、最後の写真を撮り終えた後、私が泣いてしまって。その時に、頭を撫《な》でてくれました。そんなことされたのは生まれて初めてだったので、嬉《うれ》しかった。でも、私のことを好きでそうしてくれたんじゃないことはわかりました』

そうだろうか。至が幼い頃、泣いている至のなだめ方がわからず、私は頭を撫でてやることしかできなかった。泣いている相手に対する行動が至もそれしか思いつかなかったとして、好意を抱いていない相手にできるだろうか。

生まれて初めて……。

肝心なところで話が逸れていたことに気付いた。

『きみは、留美ちゃんから少年たち五人の裏の顔や事情を聞かされたところで、納得できたのか？』

杏奈ちゃんは再び虚空を見つめたものの、今度は頷かずにうつむいた。

『そんなふうに黙り込んだきみに、留美ちゃんは何か追い打ちをかけるようなことを言ったんじゃないのか？』

上げた顔が、一瞬、留美ちゃんのものに見えた。

『後継者……。私の後継者は初めから杏奈一人だけ。今まで厳しく接してきてごめんなさい。杏奈なら応《こた》えてくれると信じていたから。あなたのことを心から愛している。あなたを授かったことを神に感謝している。この計画を成功させてくれたら、あなたが後継者だと公式に発表するわ。もともと、二人で完成させて、そうしようと決めていたの。私の最後の願い。それが叶《かな》えられれば、思い残すことなく旅立てる』

悪魔の呪文《じゅもん》だ。

『留美ちゃんは約束を守ってくれた？』

少なくとも、私はそんな連絡を受けていない。私が気付いていなくても、公式発表がされたなら、留美ちゃんの秘書からの訃報《ふほう》のメールに、その一文が添えられているはずなのに。

杏奈ちゃんは悲しそうに首を横に振った。

『まさか、きみを唆しただけ？』

杏奈ちゃんはもう一度、首を同様に振った。どういうことだ。

『計画にはまだ続きがあって、私はそれを実行できなかったから』

『あれ以上に、どんな目的があるというんだ』

想像すらできなかった。

『言ってもいいですか』

『至は人殺しじゃなかったという事実以上に重くのしかかることなど、何もない』

杏奈ちゃんは私を憐れむように見た。

『完成した標本を、榊史朗、あなたに見せるということです。写真ではなく実物を』

おそろしい計画の最終目的が、私？

『なぜ』

『わかりません。そこまでの行為と比べたら、おまけみたいなものだと受け取っていました。だからアメリカに帰ることになった時も、あなた宛に写真を送ればいいと思っていたんです。母の名前で。それに、スマホから母に写真を送ってあったので、母はもうあなたに送っているのではないか、とも』

届いていない。それがもし届いていれば……。

『至は、そのことは？』

『話していません。私の計画の中では、榊史朗に見せる、という目的が入る理由がないので』

そもそもなぜ、杏奈ちゃんは自分一人の計画だとすることにこだわっていたのだ。

『それで、留美ちゃんは？』

『標本を作ったことに対しては、ありがとう、と言ってくれたけど、あなたに直接見せていないことを伝えると、役立たず、やっぱり失敗作だった、って。それが私への最後の言葉でした。その後、病室に秘書や事務所スタッフや友人たちが入ってきたけど、杏奈を後継者に、なんて台詞、まったく出ないまま、杏奈をよろしくとか、私に注いでくれた愛を今度は杏奈にとか、娘思いの母親のフリをして、息を引き取りました』

残酷な話を、涙一つ流さずに語るこの子は……。

「杏奈ちゃん、きみは」

その後、どうやって生きてきたのだ。罰を逃れてのうのうと生きている様を想像し、肖像画を破ってしまいそうになったこともある。だが、現実は……。人殺しをしてまで母親の望みを引き受けたというのに、役立たずの失敗作。

彼女のやったことは何だったのだ。至は何の片棒を担がされたのだ。そのうえ、すべてを引き受けて……。

「そうだ、母は秘書におじさまのことを話していました。私の死は榊史朗に一番に伝えてほしい。私の目をギフトだと気付かせ、唯一無二の芸術家への扉を開いてくれた、たった一人の私の理解者に、って」

「人間標本」の根源となったのは、やはり、あの標本だったというのか。あんな、小学一年生が夏休みの宿題用に作った、ガラクタのようなものが。

子どもたちの運命を狂わせた……。

「おじさま、私はどうすればいいですか？」

杏奈ちゃんが私に面会を申し込んだのは、これを訊《き》くためだったのではないか。山の家から出てきた絵は面会の口実で、本当は、懺悔《ざんげ》をし、赦《ゆる》しを乞いたかったのでは。

「きみは今、何をしているんだ？」

「肩書きということでしたら、大学生です」

杏奈ちゃんはここに入る時にも使用したかもしれない、学生証をバッグから出して私に見せた。留美ちゃんが客員教授を務めていたこともある、アメリカの名門芸術大学だ。

至が生きていたら……。

「カウンセリングを受けたことは？」

「ありません」

「なら、一度ちゃんとみてもらった方がいい」

留美ちゃんからかけられた呪いを解いて……。

「人間に戻りなさい」

きっと、至もそう望んでいるはずだ。

「芸術家は誰かの才能を引き継ぐものではない。きみの才能で先駆者になればいい」

「ありがとうございます」

杏奈ちゃんは深く頭を下げ、上げかけた顔を途中で止めた。至が描いた自分の肖像画に目が留まったようだ。

「蝶博士のおじさまに、最後に一つ、質問してもいいですか？」

「なんだい？」

「肖像画の、背景のマエモンなんとか蝶の模様と、私のワンピースの裾の模様、どうして色が違うんですか？」

ポストカードを手に取って目を凝らす。質問の意味が理解できない。

「どちらも、私には同じ薄紅色に見えるが」

「そうですか。実物だと、もっと違いがわかるんですけど」

もしかして……。

「きみの今着ているワンピースの模様は？」

「赤から薄いピンクのグラデーションが気に入っています」

やっぱり。

「その目はいつから？」

「生まれつきですよ」

「そんなはずはない。きみは目を持っていなかった。だけど、それを留美ちゃんに気付かれたくなくて、色使いの真似をしていた。血の滲むような努力を重ねたからこそ、後継者として認められることにこだわった」

杏奈ちゃんはアクリル板越しに私の顔を覗《のぞ》き込んだ。

「お見通しなんですね。その目に母は何を見せたかったんでしょう。あんな、おぞましいだけのものを」

杏奈ちゃんは立ちあがった。が、再び顔を寄せてきた。

『蒼の体に斧を振り下ろした瞬間です。蒼の血だけが、特別な色をしているのかと驚きました。だから、透の背景に使った絵は、真似じゃない。予備のカンバスが二枚あったので、母が用意していたものは燃やして、私が描いた、私の、作品です』

それきり、杏奈ちゃんは一度も振り返らずに出ていった。

私も面会室を出た。看守に縄をかけられ、独房に向かう。

神から授かった目には正体不明のトリガーがある。

留美ちゃんに拒絶されたところで、杏奈ちゃんの心が壊れなかったのは、標本を作製したことにより、その目を手に入れたからだ。そして、与えられた課題に向き合ううちに気付いたに違いない。

留美ちゃんがその目を失い、もがき、苦しんでいたことに。

榊史朗に再びの救いを求めていたことに。

それを、きみはどう受け止めた。結果的に、自分が人殺しとなる元凶となった男の息子が、標本作りを手伝っていることをどう感じていた。

留美ちゃんの容体が急変しなければ、至は何も関わらずにすんだのではないか。お父さんが東北地方の山奥で遭難したらしいから行ってあげて、などと言われて。

いや、助かる道はあった。

至よ……、おまえはその目で杏奈ちゃんの何を感じ取り、手を貸すだけでなく、その罪まで引き受けたのだ。

なぜ、標本を作った後、肖像画を仕上げて留美ちゃんに送った？

蝶の模様とワンピースの模様の、色が違う――。

蝶がマエモンジャコウアゲハであることは間違いない。擬態。杏奈ちゃんはベニモンクロアゲハだということを表しているのか。自分と……。

同種だとわかったから、助けた。

蝶は仲間を認知して行動する、その本能で。

その絵を留美ちゃんに送ったのは、赤の違いを識別でき、蝶の知識も持っている留美ちゃんに、杏奈ちゃんに残酷な標本作りを指示したのはおまえだと気付いているぞ、というささやかな意思表示をするためか。

ならばなぜ、それを私に相談してくれなかった。

なぜ、私は自分で気付けなかった。

杏奈ちゃんの前で名探偵よろしく披露したあれを、なぜ当時思いつけなかった。

矛盾だらけ。

カラのアクリル板ケースを一人で運ぶのもやっとなのに、完成した標本を一人で五つもどうやって撮影場所まで運んだ。至の標本を裏山に続く道の途中にある花畑で組み立てながら、なぜ、そのことに疑問を持たなかった。

矛盾だらけ。

少年たちの遺体を埋めるのは理解できるが、なぜ、わざわざアクリル板ケースをきれいに洗って倉庫に戻しておく必要がある。杏奈ちゃんは計画していたすべての標本を作り、その罪を隠そうとしていなかったのに。

私を誘導するため——。

少なくとも、もう一つ標本を作ることができると見せかけるため。私にアクリル板ケースは六つあると思い込ませるため。

至は私を誘導した。自分が標本にされるように。

「自由研究」を書いたのは、杏奈ちゃんを守るためだけでなく、私に至が連続殺人犯であると知らしめるため。思い込ませるため。

蝶の標本を壁から外したのも、古いカメラで写真を撮り、暗室に吊《つ》り下げたのも。自由研究で疲れただの、テーマは蝶の標本だのとほのめかし、ノートパソコンのパスワードを話題に出したばかりの蝶の名前にしたのも。

自分をたとえるならマエモンジャコウアゲハ、好きなのはクロアゲハ。

マエモンジャコウアゲハの標本はオス、クロアゲハの標本はメス。

杏奈ちゃんの標本を作ると見せかけた、メモ書きも、日付も。

自分用としても違和感のない背景となる絵を描いたことも。

そして、最後の晩餐《ばんさん》——。なぜ。

人殺しはしていない。だが、遺体を切断し、装飾を施した、という行為を至の心は受け止めきれなかったのだ。だから望んだ。

私の手で「人間標本」にされることを――。

いや、違う、私がそう思いたいだけだ。

誘導はしていた。だが、賭《か》けもしていたのではないか。生死を私に委《ゆだ》ねていた。

クロアゲハの標本だけでも成立するところに、マエモンジャコウアゲハを置いていたのは、私なら擬態に気付くはずだ、と。ネクタイの薄紅色はベニモンクロアゲハかマエモンジャコウアゲハか、と問うてまでいたではないか。

カイピリーニャを飲んで眠りにつき、目を覚ますことができたら、すべて打ち明けようと決めていたとしたならば。

すべては私の誤り。

殺人鬼でもなんでもいい。航空券を予約していたのだから、縛ってでも、睡眠薬を飲ませてでも、ブラジルへ行かせればよかった。

生きてくれてさえいれば。

何が、蝶になれば、だ。標本などただの死体ケース、埋葬される前の棺桶《かんおけ》と同じではないか。なぜ、そんなものに魅せられた。作製した。収集した。自分の目には映ることのない世界を求め続けた。人生をそんなものに捧《ささ》げた結果、失ったものは何だ。

人間である、愛する息子だ。至、至、至……。

「至！！！！！！！！！！！」

獣の咆哮《ほうこう》のような叫びとともに、体の中から大きなかたまりがズルリとこぼれ落ちた。

私の体は看守たちに取り押さえられ、腕に注射針が刺さるのを感じた。

遠ざかる意識の中で最後に見えたのは、私の体内から出た黒い醜いかたまりが、大きなアゲハチョウとなって天に昇っていく様だった。


どれほど眠っていたのかわからない。医務室のベッドで目を覚ました私の目に飛び込んできたのは、白い天井だった。

独房に戻ることを許された。居心地のいいあの部屋に戻りたい。

だが、そこは面会室に行く前までの部屋とはまるで別の空間だった。

白い壁。茶色やグレーがかったシミ。

目を閉じる。頭の中に、三原色、紫外色、蝶の目、と文字が浮かび、すぐに砕ける。

目を開けた。白い壁、シミ、独房。白い壁、シミ、独房。白い……。

この中で、私は一生を終える。ヒトとして。

それでも、最後の日、願いを一つ叶えられるなら、至の描いたあの裏山へ続く道の途中にある花畑の絵を見せてほしい。

これからここへ行くのだと、思えるように。

至に会えるのだと、思えるように。

解析結果

通称、「人間標本」殺人事件の犯行現場となった家屋の床下から見つかった、犯行ケース6に使用された絵画を科捜研において解析したところ、絵の下に文字が書かれていることが判明した。

斧を振り下ろした瞬間、僕は人でなくなった。
その罪は、父の愛。世の中がそう許してくれることを願って。
お父さん、僕を標本にしてください。

〈主要参考文献、ウェブサイト〉

『ヒトの見ている世界　蝶の見ている世界』野島智司（青春出版社）
『チョウとガのふしぎな世界』矢島稔（偕成社）
『武器を持たないチョウの戦い方　ライバルの見えない世界で』竹内剛（京都大学学術出版会）
『花や水辺を求め飛び回る　世界で一番美しい蝶図鑑』海野和男（誠文堂新光社）
『日本のチョウ』日本チョウ類保全協会編（誠文堂新光社）
『ときめくチョウ図鑑』今森光彦（山と溪谷社）
『知られざる色覚異常の真実』市川一夫（幻冬舎）
「ＴＯＹＯＴＡ　ＬＥＸＵＳ」ホームページ　https://lexus.jp

他にも多くのウェブサイトを参照いたしました。

本書は書き下ろしです。
本作品はフィクションであり、
実在の個人・団体とは一切関係ありません。

湊 かなえ（みなと　かなえ）
1973年広島県生まれ。2007年「聖職者」で小説推理新人賞を受賞。翌年、同作を収録した『告白』でデビュー。同書は、2009年本屋大賞を受賞。12年「望郷、海の星」（『望郷』収録）で日本推理作家協会賞短編部門を受賞。16年『ユートピア』で山本周五郎賞を受賞。18年『贖罪』がエドガー賞ベスト・ペーパーバック・オリジナル部門にノミネートされた。その他の著書に、『Nのために』『母性』『高校入試』『絶唱』『リバース』『未来』『ブロードキャスト』『落日』『カケラ』『ドキュメント』『残照の頂 続・山女日記』などがある。

人間標本《にんげんひょうほん》

2023年12月13日　初版発行

著者／湊《みなと》 かなえ

発行者／山下直久

発行／株式会社KADOKAWA
〒102-8177　東京都千代田区富士見2-13-3
電話　0570-002-301（ナビダイヤル）

印刷所／旭印刷株式会社

製本所／本間製本株式会社

ISBN 978-4-04-114223-3　C0093